JN128764

夢の天国

沖田壮士

夢の天国●目次

第一章

第二章

第三章

第四章

第一章

星座バス～オリンポス篇～

AM0時、星座バスでオリンポスの蒼空を旅する
ギリシアの北端の峻厳な山嶺
山上の宮殿に集いし神々の宴、アンプロシアで、
ネクタルなる神酒を飲むのは、威厳と威信を備え、
永遠と現実とに常に目を瞠っているオリンポスの神々
私は、その華やかで豪気な酒宴に魅かれて、
体内に神々と同じイコルなる液体を通わしたいと、願う人間だ
大きく輝く北極星に力を得て、

星座バスは、駿馬のごとく疾駆する
私は、蒼い背中を感じながら、自らの克己心やら矜持やらを、
星に変えてぶちまけたいという欲求にかられる
常に悪は、天と地を変え続けるものなのだ

地球

瀞のごとき闇
地球という惑星が、孤独という言葉を噛みしめながら
宇宙の何者かとの遭遇を求めて、空しく廻る
今や、四十六億年前の話になったのが、この星の誕生
さまざまな流星や、彗星との邂逅
怪奇な風貌をした宇宙人にもその存在を知られたはず

宇宙の天帝の声は届いているか、地球よ
我々は懶惰と放縦をゆるされているばかりで、
何の天啓にも恵まれてはいないのだ

八月一日

一日を迎えて、いよいよ夏本番
未来が、大空のふりをして、前を向く
三つ、いいことを考えた

① 工夫すること
② 注意すること

③　全てに問題意識を持つこと

今日、私は、私の眼眸を、
自画像のなかに碧く描いてみた

第二章

害獣

私はヌートリアという名称で呼ばれることが多いが、カイリネズミともいう
哺乳類でカプロミス科に属し、我々夫婦、二人も、むろん、ヌートリアである
私の同族は、全国を見晴らしても岡山県に最も多く生息している
私たちヌートリアの男子は、
女子のヌートリアに常に一度に五〜十子を産ませることができる
いま現在、私には一太郎から五太郎までの五男と一姫から三姫までの八子がいる
いずれも毛並みがよく、適当に肥えており、特に三匹の娘はすこぶる麗しい
私たちは河や池の土手に穴を掘り、コロニーとして住んでいる

当惑国家独立宣言要旨

巣穴の中では私の妻と私、それに八人の子供により、
日々、阿鼻叫喚の生活が営まれている
人間という種族には理解できまいが、私たちには私たちなりの摂理や常識がある
私たちの生活は、多少、人間には有害かもしれぬが、そこは勘弁願いたい
私たちは、人間から見ると、想像を絶する生活をしているだろうが、
想像を絶する社会というものは、それなりの秩序を有するものなのだ
私たちにとっての紳士協定と、人間世界のそれとは、全く趣を異にするだろうが、
私たちの社会には私たちなりのきまりや道徳観があり、
それなりに全くの自由ではない
しかし、私たちは、常にフリーダムを希求し、
フレキシブルをモットーとする部族である

我が町は、ほかの誰をも傷つけないよう、万端の準備をする者の集まりであり、
この世界が、助け合い、もたれ合いの精神に貫かれて、
愛されるべき人によってのみ構成される社会であると確信する
我々は、真に自由と可能性を希求し、
秩序と戒律を守ることを旨としている
そしてまた、それぞれが、それぞれの潜在能力をどれだけ発揮したかについて、
深く追求し、その発揮の度合いによって価値を定める、という意味において、
全く平等である
これを我々は、「公正」と呼ぶ
我々にとり、自由とは、やりたい放題、し放題のハチャメチャであり、
可能性とは、いかなる者にも与えられる当然の権利のことを指す
我々は、日本に対する我々の文化的、歴史的優位を認め、
我々独自の規範をもつ国家たらんことを宿願とする
我々は、唯唯諾諾の精神と気概、そして怠慢を決め込み、
独立民族たることを主張し、ここにそれを宣言するものである

早朝

シーラカンスが泳いでいそうな淡彩の寒空——あれは淡水なのか
紅が微かに点り、今年二度目の土曜日を迎える
どんな朝にも山は沈黙し、山はその陣容を展開する
空の見えないところから、無数の鴉の啼き声がばらばらと落ちてくる
早朝の商店街には、この時間を選んで散歩することを好む婦人たちが、
華々しい会話を咲かせて西から東へと移動してゆく
駐車場には、羊が眠っている——のかと思えばこれは凍りついた白のカローラ
電柱の街路灯が白熱した輝きでひときわ目を引く
いま、矢掛嵐山のむこうの空が血が滞るように赤く爛れている
嵐山の姿は黒いついたてとなって冬の朝を迎えている
嵐山の方角からも鴉の群れが声を放ってかしましい
車道を乗用車が駆けすぎる——羊がまた一頭走り去る
朝はまだ始まったばかりだ

〈矢〉の乗車券

「〈矢〉乗車券」と書かれた切符を手に、私は駅に入った
この駅の待合室では、二人の女子高生が、
昨晩の彼からのメールについて話していた
時計の針は八時十分をさしている
プラット・ホームに上がってみた
冬の風がことさら冷たく感じられる
空は、うす黒く曇り、ふと「龍でも空を飛んでないか。」
と突拍子もないことを考えた
すると、次の瞬間、空はにわかに変貌し、雨が急にぱらぱらと落ちてきた
雨音の中にごうごうという音が混じったかと思うと、一頭の龍が目の前を横切った
龍はふたたび私の前に現れ、メタルのような光沢の鱗を私に見せつけて、
「乗れよ。」とでも云いたそうなとぼけた顔で私を見た
龍の角を、両手に握ると、龍は、プラット・ホームから滑り出て、

空へ、舞い上がった
龍は、雲海を乗り越え、すでに晴天の美しい世界を飛んでいた
「矢」そのもののように先を急ぐ龍に、「時間がないのか？」と尋ねてみた
すると、ただちに私の脳裏に「光陰矢の如し。」のことばが雷電のように刻まれ、
気がつくと私は、矢掛駅の待合室で、二人の女子高生の会話を聴いていた

異端者

真実を睥睨する者
ぬかるみを困難とせず、
風上を目指し、
行く先までは語らず、
自己韜晦する

夢を、大威張りで話すこともあるが、
ふだんは、たいてい、椅子にかけて斜に構えている
薀蓄をときに傾け、
ときおり眼を光らせて走ってゆく
真実への走光性をもち、
自分を苦に思わず、
人の悪口を巧みに云う
思慮も熟慮もわきまえているが、
意外なほど要領が良い
知恵と徳性を秘守し、世界をカラフルであると思って疑わない

血相変えて生きていた

私は、血相変えて生きていた
どうにもたまらないかのごとく転がりながら生きていた
山や河や、大自然に恵まれていることにも気づかないで、
父や母や、祖父、祖母に愛されていることにも感謝せずに、
私は、血相変えて生きていた
そして、ある日の午後、白日夢を見た
その夢で、私は、私の前世を知ることになった
その夢の中、私は、ひょうひょうと風に吹かれて、
口笛を吹きながら、極楽蜻蛉のごとき人生を生きていた
やがて白日夢が終わり、私は、自分の顔を鏡にうつしてみた
夢を見るより以前の、血相変えた顔ではなくなっていた
そして、今のじぶんと向き合い、対峙することになった
私は「落ち着き」という言葉と、「愛」という言葉が同時に発見できたことに驚いた

それから、私は、故郷の山河を想い、父母たちを想った
そして、父母へあてた手紙の一行目を書き始めた

虚王

時代から遠く離れた屋敷で、
大理石でつくられた王座に腰かけ、
極度の緊張と、極度の自己過信により、
その身を危うくするもの
自分の成長の谺に、耳を華がせ、
自分の鍛錬の機会を決して逃すまいとする
あらゆる自然に唆かされ、
あらゆる人為に警戒の目を向ける

彼のまわりの誰もが彼の力を勇気と認めず、
彼の破滅と、彼の成仏のみを祈り、彼を挫かんとする
すべての未来は彼の為には開かれておらず、
すべての可能性は彼に関して棄却される
しかし、誰がどう云おうと、彼は自分の主張を声高に展開するのであり、
自分の危険や、他者の謀に注意を怠ることも少なくはない
時代の中の破綻者、時代の捨て石、それが虚王

アフロディーテ

暗がりの未明の時刻の私の部屋に現れた天女は、
ほれぼれするような肌の艶で、部屋の東の壁面上方に見ることができた
その容貌は、見覚えがあるのだが、どこで出会ったのか思い出せない

彼女は若々しく美しいくちびるをそっと動かして、こんな天啓を私に授けた
「じぶんにできることをやりなさい。そして、じぶんにゆるされたことをやりなさい。」
私は、その神々しいまでの言葉の響きに、ただ驚嘆して、身動きもできないでいた
黄金の光につつまれたその女性は、あるいは本当のアフロディーテでもあったのか
彼女は、最後にすこしだけ笑顔をくずして、部屋を去っていった

まもなく南の窓からは東空の暁闇が、あざやかな絵巻物のように、典雅に開かれ、
私は、はっきりしてくる意識のなかで、
懸命にさきほどの女性のかんばせを追っていた
「ああ、あのとき私を救ってくれたあのひと。」そう気づくと涙が滴り落ちた
そして、私の世界は一度に開けてゆく予兆を示し始めた
「きっとこれは、天界とつながった不幸な私への神の配剤だ。」そう確信した
それからしばらく時計を見つめていた私は
二十八年続いた幻聴の終焉に狂喜していた

父の朝

父の毎日は、衛星放送で「自然」の番組を視ることにはじまる
毎朝、四時頃である
それから他局のチャンネルで経済ニュースを視る
しかる後に、着替えをすませ、歯磨き、洗顔のあと、新聞を読む
特に、株式欄にはことさら深い興味を持ち、
鋭い洞察を加えながら一部分を裏の白紙の広告紙に書き写すことをして、
記憶の一助とする
それが、父にとり、一日のなかの最も重要な日課でありそれが終わると朝食を食べる
父に云わせると、朝は鮭の塩焼きと、うまい味噌汁、それに炊き立てのご飯があれば、
ほかには何もいらない、ということになる
それから父は午前九時に車で買い物に出かける
今日の分と、明日の朝食の為の買い出しである

父は、もうじき八十歳を迎えるが、妻であったところの私の母を喪っても、
淡々と生き、淡々と事をこなして、日々是好日の毎日である
父はそんな自分の生活を「死ぬほど退屈な」と評し、恬淡として明るい

二月の空

雲は永遠の過客だ
見上げた空に、ときおり浮かんでいて、
位置を変え、姿を変え、ただ黙っている
我々が非日常を演じているさなかにも、
雲の浮かぶ空にはゆったりと時間が流れ、
ときには鰯雲に占拠されたり、あるいは小さな雲に遠い旅出をゆるしたり
そして、個性などという次元から遠くはなれた「自然」を教えてくれる

朝焼けがきのうの記憶を、空から消去する儀式なら、
夕焼けはその日のすべての大混乱をもゆるす儀式だろう

日々が万物の日常のために、大きく開かれている限り、
我々はこの広大な碧天の空の下、
研鑽と努力を積み上げねばならない
日本という恵まれた国は、このやさしい空に見守られている以上、
いつでも、必ず、努力した人が勝つ国なんだ

第三章

初夏

夏の僭王の凱旋が、いま大空を翻して告げられた
夢想的で、神秘主義の小鬼たちが、雲の上に並んで立小便をする
「皆が一生懸命生きようとするからこそ精神は美質を持つ。」
とは、かの有名な小鬼の統領の現実的所感である
「人生に、三度絶望すれば、夢は、ひとつかなうよ。」は、子鬼の統領の息子の思いつきである
彼は、幼少期に、ひどいいじめにあったという事実が知られている

青空2

私は、青空が好きだ
雲を洋々と遊ばせた空が大好きだ

広いこの空を飛ぶ鳥の眼には、現世界はどのように映っているのだろう
高いあの空を飛ぶ鳥には「自由」ということばは、どのように感じられるのだろう

遥かに遠い青嶺にむけて、紅い太陽のはなったことばは何だったのだろう
世界最大の朝日が東空に昇るとき、朝焼けは何に燃やされているのか

夢より大きな物語をかみしめて歩いてゆく、君たち
もっと大きな樹木をつたって、天まで登る気はないか

夏の第一章

夏の影を、君は引きずって歩いていた
ある駅前の交差点の街路では、
瀕死の蟻がようよう足を曳いて巣穴を目指していた
喫茶店で、ようやく注文のアイスティーを前にした彼女は、
用意したプリッツを一本くわえて、店のガラスごしに街路を見ていた
君は、歩行者用の信号が青になるのを見届けて、
軽く陽に、右手をかざしながら、髪を風に委ねて、ゼブラ・ゾーンを渡った
雨風が一瞬吹き過ぎて、夏の第一章が終わりかけていた
とても用心深い君は、ショルダー・バッグからの携帯の音に気づいていた
君は、一陣の風に振り向くと、プリッツをくわえた女と目線を合わせた
君は、ふとデジャヴを見た気分に囚われた
何時の日にかプリッツをくわえた少年に恋したあの夏の輝き

夏河原

黙って沈み込んだ空の下
無窮の蒼穹を見上げる無言のショウリョウバッタ
後姿がすがすがしい
天と地を結ぶ沈黙の糸
どうしようもなく不可解な深淵が彼を覗き込んでいる

夏空は吃驚するような静けさである
太陽がそれをそのようにゆるした
神は永遠に沈黙することを嫌うさだめである

それでも太陽は無限の光を言葉として、贖い続けるだろう

暁闇

ここA市のB地区にある変電所に雷が落ちた。

そのときの雷鳴と轟がきわめて異常であったことを、
後に近くの住民が訴えている。

変電所に落ちた、かつて誰も見聞きしたこともない雷は、
変電所の電気に魂を与えた。

これは、後に、研究者によって、電気が主体性を獲得した事件として、この町の歴史に特筆された。

その電気はB地区の各家庭へと伝搬し、さまざまな家電製品が、命を吹き込まれたかのように動き始め、それぞれが、それぞれとしての主張をはじめたかのように見えた。

テレビは、もっともインパクトの強い映像を大音量とともに映しだした。一方、ラジオは最も耳によく届く声で、放送を始めた。パソコン画面には、それぞれのパソコンに入力されたデータのうち、もっとも社会の興味を惹く内容が画面に表され、

蛍光灯は、一心に明るい光を提供することに専念した。

やがて電気はB地区の地上全体に行き届き、土葬されたばかりの四体の死体が電気ショックにより、生命を取り戻し、ガバリと地表へ起き上がると、深夜のB地区を徘徊した。

やがて東の空に暁闇の光が射しはじめると、四体の死体は両腕を前に垂らしたまま、両足を不器用に動かして東の峠へと向けて走った。

その峠の高みからは、その日の始まりを告げる明るい希望のような暁が、その日の事始めとして朝空を朱色に染めているのが見晴らせるはずであった。

My Sweet

Dear My Sweet

君がたなごころにあふれそうな美しい乳房で僕をとらえたとき、
僕はピオーネをしゃぶるように君に接吻した
やさしげな桃の果実にも愛の手ほどきをつづけた
顔をやさしく撫でると、君はのけぞるように快楽をあらわした
君の官能の表情にはそれでも品位があった
エレガントに閉じられた両脚をひらくと、
眩いばかりの大自然がそこにひらけていた
僕は海原に飛び込んで、水面まで浮上し、大きく息をした
もう見ることはないだろう、あの瑠璃色の太陽を
そして遠泳をして浜辺へたどりついた
君とつきあいはじめて、まだ四日目だね

Sincerely yours

朝の光を詠む

◯水仙花が、朝の光をのみこんで、溜息をついた

◯朝が闇を破るとき、河原の草々が、一斉に目を瞠った

◯朝の生まれは貴かった
だから、天が朝の味方をした
天に恵まれた朝は誰よりも正直者だった

◯美しい朝焼けは、夜の事情をすべて焼き尽くす

◯朝の硝子は、おもいきり日光を吸いこもうとしていた
しかし、朝が過ぎる頃、うたたねをしてしまって、大切なことを失念した

○夢のつづきを見ていた朝は、欅の緑葉の生命力に感動した

○朝を思い出そうとするように、
夜が自らを開いてゆく
朝は、悦楽の表情で、自らの時間を開く

○光輝眩しき空には虹が架かり、空の非日常を告げていた
おりしも一機の航空機が、虹を見下ろして駈けすぎて行った

○朝の最初の実感を東雲だけが感じていた
その温みはどんどん人の体温に近づいていった

○暁の空に散らばった朝は、光よりも綺麗だった

○朝が夜明けの序曲を歌うとき、
人々は牧童の草笛を聞いたように思った

○朝の香りに胸をうたれてばらの花がひとひらの花びらをこぼした
○朝にとって、夜明けとは神聖な儀式である
○朝日に照らされた右頬を右のてのひらで押さえると、太陽の匂いがした

バナナとりんご

おれたち、バナナ、トマト、キングだぜ
きみたち、りんご、はちみつ、クイーンさ
ある晩のある夢、シニカルで、

きみたちみんな、バナナ・アレルギー
夢見ごこちできみから受けとった、
白い封筒、中には、いかす短歌（うた）
「バナナにもトマトにもある郷愁を右手のグラブで受け止めてみる」
おれの返歌
「りんごとかはちみつとかをミクスしたジュースできみの盛夏を祝う」
おれたち、夢と希望で生きている
きみたち、夢と現（うつつ）で生きている
きみたち、白い帽子できめてるね
ぼくたち、黒いジャージが似合ってる

海の輝き

海の輝きが、
いっそう華やいで見えるのは、
君と僕が、ここにすわり、
一直線に、海へ駈けだそうとする猟犬を抑え込み、
はるかな水平線の彼方からやってくる影たちに、
オマージュとかロマンとかじゃなく、
愛とか恋とかを望んでいるからじゃないのか

海の輝きは、
君の瞳の、美しい印象とも相俟って、
いよいよ高い明度を放つのだけれど、
僕にとって、君という存在は、
今や想像を超えた存在になった、と云える

海に波があるように、空に雲があるように、
君は僕のからだのなかで１００％果汁のように重要だ
それは最も純度の高い液体

海の輝きは、
そんな僕たちに微笑のような煌めきを与えてくれるのだけれど、
その輝きは、果てることと、分析されるのを、懼れぬかのごとく強靭だ
海は独り言をつぶやき続ける
海は独り遊びを続ける
海は孤独と光を望む

海の輝きは、
何処までも飛んで行こうとするカモメたちに、
充分な慈しみと恵みを与え、
何処まで過去を遡ろうと決して辿り着くことのできない、
はるかな、はるかな旅を続けている

海の輝きは、普段僕らが望むような瞬間、瞬間の輝きではあるけれど、
その永続性は例えようもなく神秘で、何ともいえず羨ましい

海の輝きは、
君の面輪の眩しさに似て、
やさしいくせに何処か見知らぬ風に吹かれている

海のように愛にあふれた君が、
誇り高いプライドそのままの美しい後姿とともに、
薫風となって夏へ舞い上がる

太陽光と雨雲

ここ、矢掛商店街にも雨脚は駈けてきた
大仰などす黒い雨雲や、雷雲とともに、
台風という、いかにももっともらしい理由をつけられて
本日未明よりのたくって暴れまわり吹き荒れているのが、この暴風雨だ

暮らしのためには、日々は、太陽の恵みに浴しているほうが心地よい
雨風を避け、あたたかな陽だまりのなかで時を過ごす方が幸せに決まっている
ところが、たまにはふとそんな活気ある日々の中でも心が疲れることがある
そんな日は、終日、窓の外の雨音を聴いているのが最も落ち着いた気分になる方法だ

ところで、雨にも太陽にも、自然を育て、成長させるという仕事が与えられているが、
我々人間もまた、雨や太陽に育まれていることに気づかされることがある

燦々と降り落ちる太陽光のもと、息が切れるまで走ったランニングや、
雨にうたれながら、駅から歩いて帰った道のりも、
確かに私のなかで、細胞の核のように、私の生命全部のなかで中心的なものをつく
るための、大切な種になっている気がするのだ

光の惑乱

光の波打ち際を数羽の雀が歩いていた
雀は、一様によちよち歩きで、何事か音を口から洩らしていた
雀たちが、波打ち際の光の鮮烈と巧緻に殺されそうだ
そう僕は思っていた

次々と波は寄せ、波は退いた
すべての波が意思をもち、
すべての波がまとまらぬ考えを留保しているようだった

新しい世界への道は確かにあるはずだが、
いくら苦しみのハードルを乗り越えても、
波が襲いかかってきて、
僕には為す術はなかった

空は、極彩色のグラデーション
海は、天然色のイマジネーション
混迷と混沌とが同じ意味を持っていた

僕は思っていた
僕だけがこの浜辺で青い空をひとり見つめていられるまで

海を僕の涙で満たそうと
それでも太陽は大反転を繰りかえしていた

恐竜の夕日

オレンジ色の夕焼けを、
今、僕は、土手の上から眺めている
――と考える
そして、
やがて空が、火山のどろどろの火口のように、
燃えはじめた、と想像する

地球の黎明期
太古の昔
空にも、陸にも、海にも、
巨大な恐竜たちが棲んでいた
紫色の雲のかかった西空に、
ゆっくりと下降してくるのは翼竜
枯れたすすきを踏み潰して、
川上に向かうのは肉食竜
そして広い河の中央を、
水音をたてながら進んでくるのは巨きな草食竜
それらの異常に大きな動物たちは、
地球最期の夕日を見つめて、
両目から血を流しながら、
「生きていたい。」と訴えかける
真紅の球のような太陽は、
やがて恐竜たちの向こうの山陰に沈み、

羊歯の茂る太古の草原は、
うなるような虫の鳴き声に包まれる

「ああ。」
頭脳の中の血が夕焼けてゆく
僕は「少年期の終わり」というひとつの終局の中で、
自分の若さの創りあげた想像上の夕焼けの中に、
今、ゆっくりと満月が昇っていくのを感じている

海月

狭霧に濡れた入江には、夥しい数の海月が海面に浮かんでいる
狭霧の上の夜空には、ただひとり、三日月が煌々と照っている

入江は遠浅になっており、灯台の灯りが闇のなかの海辺の色彩をあからさまにしている

誰もいない浜辺には、鼻緒の切れた青いビーチサンダルと、
数隻の簡素な木製の小舟だけが残されている
波打ち際で寄せては返すのは、子供たちがさっきまで遊んでいた花火の紙屑たち

「透明」というい う自らの体色に劣等意識をもつ海月たちは、
いくら月の光に憧れても、充分に心を満たされずに精神と触手を蠢かせている
海月たちの関心は、いまや、天空を渡る三日月だけに集中している
三日月も、涼しい空の上で、不思議な夢をもてあましたりするのだろうか

夜空

夜空を統べるもの
その美と頽廃が、この宇宙といかなるかかわりをもっているか
日々の生活と夢
その静寂と華やぎが私の心という宇宙をいかに幸いに守るのか

我々は、貴く大事な、平和のために、
生活のなかの僅かな潤いや、小さな時間を犠牲にして、
自ら奉仕することを望まれる社会に生きている

夜空という、あらゆる次元の夢と現がさまざまな葛藤を繰り広げる、
あのステージで成立しているはずの平和

それは、この星から見晴らせる遠大な星空の光の精妙さに耳を傾け、

極めて注意深く観測することでうかがえる、僅かな可能性だ

初秋の風

川音が静かだ
私は、闇のなかに立っている

ひやりとした風が今、私の首筋を通り過ぎた
風は何かを気づかせもするが、
別の世界に思索を沈殿させもする
そして、たちまちその想いをわれわれから剥ぎ取ってゆく

空の上では、きっと沈黙した雲が、風に流されていることだろう

幾憶年、繰り返されたか、
この静けさは
この寂寥は

川音が静かだ
私は闇のなかに佇んでいる

ある秋の夜明け

初秋の夜明け時、
まだ空に小さな星が瞬いている

あこがれだった夏が終わりつつある
肌寒い季節の訪いは、
自分が自分に過ぎないことを悟らせて心に沁みとおる

夢を追いかけつづける苦しさに、
希望を手放しかけもした
愚直に前を向いて歩く空しさに、
蒼白になった晩もあった

「この世界はあらゆる努力のために存在する。」

そう考えるのは、愚かな痴者に過ぎないのか

「より高く、より強く、より美しく、より深く」
そんな高邁な理想を掲げる者だけの為に、
この世は万物に与えられたのか

夜明け時の空は、はや白みだして、
暁が、東の空で華やぎだす

まだまだ諦めちゃいけない
日々は、重さの堆積であると
だから我々は強くなれると
そして万物を尊重できたりもするのだと
そして我々の一歩一歩の歩みが、
絶えず我々の真贋を問いかけ続けているはずであると

あの日の鰯雲

鰯雲の隊列が、みごとに並んで、空を埋めて進む

いつだったろう
私が以前、鰯雲を詩の題材に選んだのは
それは高校二年の、世界史の授業の事
甍を越えてゆく銀ヤンマを見ているうちに、
空に広がる鰯雲に気をとられ、いつのまにやら眠り込んだ
目が覚めると、世界史の授業は終わっており、
教室には誰もいなくなっていた
よく考えると、次の授業が体育で、みな、教室を出払ったところだったのだ
この時の世界史の講義は、たしか「ゲルマン民族の大移動」だったろう
このころまでは、私もまともに勉強できていたのだ
そのあと落ち込んで木端微塵に崩れ去った、我が青春時代
わからないものだ、人の人生は
どこで躓くか知れたものではない

しかし、いまも、鰯雲を見ると、若々しい気持ちが蘇る

そして、明るく生きよう、と思う
あの雲はきっと私の微笑を誘おうとしているのだ
そう、人の人生も、いつも誰かの微笑が欲しくて、
それで毎日、毎日、前進をくりかえしているのではないか

今日も鰯雲を見上げて、私はただ、口元をほころばせる
より新しく生きるために
そして、より重き存在になるために

秋

落ち葉の積もった道端を歩いていると
ふと肩をたたく者がある

「なんだい？」と振り返ると、人の格好をして立っている
銀杏の葉が渦を巻いて、

「あのお。」

「何？」

「秋、なのですが……。」

今の季節が秋なのは、はじめからこっちにもわかっている
「君のいでたちは、あまりに妙じゃないか。」

「それじゃあ。」と云って、銀杏の葉の大群が駈けて行った
「ああ、女性だったのか。」

わたしはなぜだかそう一人合点した
「今年ももうすぐ冬になる。

銀杏の葉も身の置き所がなかったのかも。

あるいは、男のもとへ身を寄せたいとでも思ったか。

御愛嬌じゃないか。」

わたしはふとマフラーの端を持って、自分の首に、ぎゅっときつく巻きつけた

嵐山紅葉

矢掛嵐山の楓が燃えるように紅い
その稜線は、濃い黄や黄金色や赤や茶色の葉簇で溢れている
もう、こうして果てしないほどの長い間、この山は紅葉を繰り返してきた
木霊に耳を澄ませても、なんの発語も、なんの発声もすることなく、
ただ淡々と春夏秋冬を巡り巡って、今年の初冬に辿り着いた
それは、この世の摂理が不変だからだ
なんの秩序も、この山は崩壊させはしない

私という人間がここにいて、
もうすぐ五十歳の年齢を過ごそうとしていて、
何もかわることなく詩を書いていて、
少しずつ変わってゆく町並みに心を動かし、
自分という存在を肯定するために、頭を働かせ、

嵐山の紅葉に、いたく感じ入っている

時間は速くも遅くも感じるが、
それでも確かに、水のように流れてゆく
高みから低地へと間断なく、一切の隙をみせることなく……
そこで、「時間」よ、君という秩序はどんな河なのだろうか
嵐山と河を隔てた対岸で、わたしは、嵐山という山の体験してきた秩序を思うのだ
その悠久なる歴史という時間の不変、そして「変化することに耐え続けた何か」の正体

嵐山よ、今年も紅葉をありがとう
私も、私の齢なりの考えを持とう
肌寒い初冬の風の中、
私は考えをまとめようと模索している

「時」という秩序には狂いはないのだな

そう納得して、腕時計を見る
まだ朝という新鮮な時間を呼吸できる

嵐山よ、また来るぞ
向き合って、また話さないか
今日は私の饒舌がひどかったようだ
お前の沈黙があまりに毅然としているので
そういえば、さきほどから日が照りはじめた

再びここに来よう
来年、あるいは来月

秋空

空高く、秋高し
夢ひろがりて、
つかの間の不安に、ときおり胸を痛める

いささか、つんのめるようにして、
私は歩く
庭を、道を、丘を、河辺を、
夢を、路地を、空き地を、海辺を、
夢は、たえず私を急がせる

「人生は、最期まで闘いだ。」
そんな言葉とは裏腹に、
口笛を吹きながら、

ひょうひょうと生きたがる私がいる

この地球の青空の上には、宇宙が真っ黒な顔で、
いつも覗き込んでいる
私たちは、常にインサルタットに監視されている

それに向かって、沈黙こそが最良の答えだとでも云うように、
秋空は、悠然と胸をはり、渡り雲を遊ばせている

夕刻

黄昏どきである
太陽が金色の花をまき散らせて

ようやく、夜の帳が一服しようかというとき、
僕は思った
あの頃が、最も良い季節だったのだと
あの頃が、最も素晴らしい時季だったのだと
キンモクセイが音もなく散っていた
公孫樹の葉は、すでに大きな物語を語りつくしていた
山から風が吹き降りてくる
河原では、少女が、ひとり自分の色の石を見つけようと探し歩いていた
明るい光に護られた時間は、終わりを告げようとしていた
川面には夕陽が映えて、たいそう美しかった
遠くから少女を呼ぶ母親の声が聞こえる
もうじき夕餉なのだろう
一家団欒のときは、一家が最も幸せなとき
心ゆるせる時間が、この町にも灯の姿をして、人々を和ませる
時は夢に語り部となることを求める

小春日和の矢掛

こんな小春日和のあたたかな日は、
とろとろベッドで眠りたい
白い日光、燦々浴びて
外へ出たなら、ヒア・カムス・ザ・サン
近所の家の側溝はコンクリートで整型中
やかげ郷土美術館の水見櫓はいつ見ても立派だ
幼稚園横のネバー・ランドは、
天使たちの声をのこして無人の遊び場
すべり台がやけにはしゃいで輝いてる
晴れた空には世界で一番平和を気取った雲が二つ三つ
並んだままで光ってる
小春日和の矢掛を、一陣の風が、宙を舞う

秋2

茫々たる平原
そこに永劫の命を得た壮年の男が暮らしていた
壮麗な館に身を寄せ、
やまがらすの飛翔する飛形にあわれを感じ、
藺草の絨毯のうえに胡坐をかき、
荒涼たる砂漠をゆく、駱駝の隊商の絵を壁にかけ、
時代の風潮の氾濫と一線を画していた男

彼は、何時の日にか黄金郷を夢に見はじめ、
天国にすむような麗人との豊麗な晩餐を望むようになった
騒擾な壮年期を、明度の高いオアシスにするため
彼はみどりの海草に覆われた夢を見れるよう、

部屋に豊潤な自然の絵を描いた
すべての楽土が閃光と雷電にみたされた時代のはじめ
すべての静寂が夢魔に侵されなかった頃

秋の夜

こんな夜には、ニヒリスティックな気持ちで、
メランコリックな自分としきりに会話を交わしてみたい
自分の生来の長所、短所、美点、弱点、強み、弱みなどなど
ふっと笑えたり、強く唇を噛むこともあるだろう

こんな孤独な深夜には、

道路を通る車の音がうまく聴こえて、いい効果音になる
朝まであと二時間
残された時間は思いのたけ思慮を巡らす純粋無垢の自由
自由と可能性が溶け合って、闇の彼方で水晶が生まれる

霜月の夜

その夜、二頭の蝸牛が顔を見合わせている
「こう冷えちゃ困るねえ。」

「全くだ。殻に入っても寒さが身にこたえるよ。」

「この季節を乗り越えないと、春は来ないんだねえ。」

「毎年おなじみのおきまりさ。来月は、もうひとつ寒さが増すよ。」

「困るねえ。」
「困るよ。」
二頭の蝸牛の上で、満月がきらきらと輝いている
その月光が二頭の蝸牛のシルエットを怪獣のように見せかけている
月光はなにも云わない
月光はなにも示唆しない
雲ばかりが夜空を渡り、蝸牛の影を浮き沈みさせる
月は空に何の痕跡も残さずに、やがて西の地平へ沈んでゆく
蝸牛たちは、銀色の航跡を残しながら、
長く、短い生涯をゆっくり這うことだろう
月光の照る夜は月を見上げて
日光の照る朝は朝の光に溶けようとして

闇シリーズ

●闇の彼方から、何かが迫ってくる気配
それは、朝という時間ではない
もっと激烈で、もっと切羽詰まった何か、真摯な何かだ

●闇は何も知らない、ということにしておこう
これ以上、闇について語るのはやめよう
どうしたって闇は夜を支配し、我々を超えるのだから

●闇は理不尽だ
どんな淘汰もすべてゆるして、ニヤニヤ笑っている
今夜も、誰かの乾坤一擲が笑われて、皆、所在なくなる

●闇は自分の闇を本当には憎んでいない

いや、それどころか自身の闇に自信を持っている
そして愛着と好奇の目で自分を見る

●闇は自分の暗さを心から愛する
ある意味、無反省で無頓着だ
そして自分の闇を本当に知る者だけが闇として愛される

●闇をねぐらにしている梟は、あるとき心がときめいた
だから、すぐに巣穴を飛び出し、夜空へ飛び立った
すると、そこには星灯りのたゆたう暗い海のような空間が翼を広げていた

●闇は自分の暗さに寛容だ
そして、自分の暗さを厳しさというベクトルで解釈する
だから、どんなに暗い夜も、堂々と渡ってゆける

裸木

一枚の衣も纏わぬ木
吹き荒れる風に弄ばれて、
吹き荒れる風に身動きすることもかなわず、
荒れる心の端々で、
破れるような苦しみと闘っている

苦しみは風の立てる音のようにも聞こえ、
戸惑いは枝先の揺れるつかのまの問いかけのようにも思える
赤裸々なその精神は魂魄の努力を続けてきた
ゆるぎないほどの邁進の連続、が、かつては保障されていた

力が漲っていたあの夏
あの頃の、誰にも負けるわけなどないと思えた自負さえも

すでに体から丸ごと抜け落ちている
今はもう、何処をどうほっつき歩いて生きてきたか、という疑問に答えられない私

ただ風に撓い、振り回され、
ただ風に脅かされ、風を懼れ、
雨に打ち砕かれ、雨に号泣し、
雨にため息をつき、雨に倚りかかる

「こんな夕焼けがあったのだ。」と、
ある日の夕映えに落涙し、慨嘆し、
「こんな朝焼けがあったのだ。」と、
ある暁闇の朱色を遠くに眺め、その偉大さに
感動し、身を震わせる

日常の出来事が水の泡のようにも思え、
また、日々の出来事がすべて一期一会のようにも思える

「私の命は何度でも回帰するものだから。」と
そればかりを口の中でもごもご喋り、
自分をなんとか慰める

堂々とした裸心、裸木

冬の朝（平成二十三年度矢掛町山野文学賞入選作品 一部改）

夜が明けるとき、
すべてがしらじらとする
坂の上の、信号の赤の点滅が止み、
川霧が川面をすべり、

朱色の栄橋の鉄橋の横、
新栄橋の上を次々と車両が通行する
フロントグラスに新しい光を輝かせながら

僕の部屋では柱と壁がきしみ、
ＣＤラジカセの黄色いライトの中で数字が入れ替わる
部屋の隅には、ゴミが掃き捨てられないままになっていて、
僕は石油ファンヒーターのスイッチを押す

体の深いところから音がして朝が生まれたことを示す

夢を思い出そうとすると、
頭の中にある触手が次々とその先端を伸ばし、
夢の痕跡へ襲いかかり、
やがて空しい闘争をやめる
朝が来たのだ

第四章

この新しき日に

この新しき日に、などて経験など語る必要があろう
この新しき日は、法悦と納得とを置いて
後の世に永く語り継がれるだろう

雨2

雨は、常に無常感の中にある
雨は、必ず何かの事件の教唆をした嫌疑をかけられるさだめだ
雨は、ときおり、この世に祝福されたいという希望を世界に対して持つ
雨は、自分が天に認められる可能性を信じようとくり返し試みる
雨は、太古の昔から、地層の声を聴くことを無上の悦びとしている
雨は、日没の感傷を忍ばせて、今日は隣町の椽の上で激しく打楽器を打つ

逆旅

それは、遥かな旅であった

それは、過酷な旅であった
驟雨にうたれ、つむじ風に取り巻かれ、
横風に足をとられ、豪雨に涙した

ひどい人生だねと同情してくれるひともいた
頑張りなさいと励ましてくれるひともいた
しかたないと理解を示してくれるひともいた

何という理由で、
誰がどうしたからこうなったのか
皆目見当もつかない落とし穴であった

ひとり声をあげて号泣した日もあった
共通な認識を持てず、共通な理解も得られなかった

激甚なる災いであると思った

壮大な規模の時間の空費をしてしまった

人それぞれに人生が与えられているというが、
なぜ私ばかりがこんなに不幸で損をするのか
怒りに焼酎をあおった晩もあった

人生は旅である
人は様々な自然や万象、それに人間たちの悲喜劇に出会い、
苦しみや悲しみを重ねることで一歩ずつ前へ進めるのだ
人が人として完成しようと思うなら、
逆旅を続けてみることだ
人の温かさや世間のひややかさに触れ、
ときに人の懐に飛び込み、
ときに人に足蹴にされながら、
前進、前進の人生を歩くことだ

希望を持つために生まれたのが我々ならば、
努力によってひらかれるのも我々だろう
明るい展望が開けるには省察と挑戦が必要なのだ

桜吹雪

春、花散る頃に、折々につけ、想い出すこと
舞い散るソメイヨシノの淡紅色のはなびらと、端正なあなたの口元
それから麗らかな陽にまぶしい、あなたのその黒髪、やさしい視線

洋梨

洋梨という果実の曲線は、どこかしら謎めいている
私の知己である友人は、無類の洋梨好きだ
一度、贈答品として洋梨をもらったので、彼にわけてあげた
私が、彼の家を訪ね、彼にその洋梨を披露してみせたところ、
彼は大きく両目を見開いて驚き、そして喜んだ
彼がなぜそんなに洋梨好きだったのか
なんのことはない
彼はただの洋梨好きの外人だったのである

善

「信用」という堅い鎧を身にまとい
「善」は、自分という存在に、間違いがないという確信を持ったまま
ひたすら天地の間を駈けつづけ、未明の暗い海へ出た
黒々とした霧が海を覆っていた
「自信」を知らぬ間に身に着けていた「善」にとっても
いまだ黒い狭霧は恐怖心の対象であった
しかし、「善」はすでに熟慮することの意味と意義、それに、それにまつわる愉楽
まで知ってしまったのである
揺るぎない「信念」と、動かぬ「理念」を双眸に湛えた、少年にも似た「善」は
いまや全身から汗を滴らせながら、「力」をも手中におさめていた
「善」が黒い霧と云う「悪」をすべて呑み込もうとしたとき、「悪」は少々あわてた
せいで、
自らも思い当たらぬ欠点を、「善」に悟られて、ついに明けかけた空に雲散霧消し
てしまった
「善」は大いに満足し、素晴らしい海辺の朝を、全身で迎えた
彼は力と知恵を味方にして、ついに「正義」と呼ばれる存在になっていたのである

風の歌

風には風の想いがある
風には風の記憶がある
風には風の夢想がある
風には風の悲嘆がある

だから風の声を聞いてみたい
森の中でただ一人立ったまま、
風の歌う静かな歌を聞いてみよう

新しい時代には新しい風の歌が生まれる
それは新しい水から新しい酸素が生まれるようなこと
つまり、雨のあと、世界が変わってしまうようなこと

風にはどこまでも駈けつづける癖がある

ある象の独り言

私は私物である
したがって、私の恥部も私の私物である
私は私の恥部を私用に使う
仲間は、私の恥部を馬鹿にして笑う
小さいだの、笑えるだのと云って笑う
しかし、私の恥部が私物である以上、
そんな軽蔑は人格の低い輩のつまらぬ言いぐさだと思えばよい
ところで、私は私の恥部を公共の具物として有用とすることを考えもする
公に、私の私物を使えば、この世の性欲たくましき雌象たちにとっては、

性欲の解消に役に立つと思うからだ
私は充分、私の私物が公共の具として有用であると考える
昨晩、交合したある雌の象は交合の際、激しい吐息と大きなわななきで、
私の私物の活躍にこたえてくれた
感無量だった
実は、昨晩の雌が特殊だったわけでもなんでもなく、
私は、雌の象に大きな快楽を与えられる私物をもっている
その意味で私は私の傲慢と不遜を許容してよいと考えている
私がいなかったら、このアフリカの平原は、
どんなに味気ない世界になっていたことか
と、ここまで伸びあがって考えたのは、過去の私の異性遍歴を思い浮かべたせいだ
ただ、私は雌象への呼びかけ方を知らないし、
そのマナーやエチケットもわきまえていない
しかし私の場合、天は私という象に一物を与えた
それは、私の私物であるところの恥部である

仙人になった私の現在

私は、仙人である
名を、冬龍鉄という
仙人であるから、竹の棒に跨って、空を飛べるし
いくらでも財宝や金銀を手に入れられる
つまりなにごとにせよ、やりたい放題である、ということだ
こういう身分になるにあたっては、命がけの冒険やら懸命の努力やら、
さまざまな困難や艱難辛苦に耐えることも必要だったのだが、
ここではそれには触れずにおく
とにかく、私は、大変な苦労をして、仙人になった
これは事実だ
しかし、私が仙人になる前、予測できなかったことがふたつある
そのひとつ目は、どんな困難に直面しても、すーい、すーい、
と乗り越えられるので、達成感がまるで感じられなくなった、ということだ

私には、あらゆる決まり事や、法則を軽々と突破できる能力が身についている
もうひとつは、誰一人として、私の悩み事や、苦悩に一切、配慮をしなくなった、
ということだ
皆に差別されたからこそ皆を見返してやりたい一心で仙人にまでなったのに、人気
や人望が全く得られず、腹を割って話をする友人も、一人もいなくなってしまった
一体、これから何を愉しみに生きたらよいのか
もう通常の異性との交わりや、媚薬や仙薬をつかった遊びさえも、自分にとって大
した刺激ではなくなってしまっている
生きることはある意味、長距離の障害物競争にも例えられると思うのだが、その競
技の眼目であるところのハードルが取り除かれたら、これは、はっきりいって興ざ
めだろう
私は止むにやまれぬ制約により、仙人になった者であり、今は、そうなったことを
激しく後悔している壮年の男子である

拝啓　小夜姫様

拝啓

日ごとに秋も深まってまいりました
満天の星空の中天にかかる真円の月においでなさる、
どこそこの村の昔話でも有名な、あの小夜姫様は、いま、
いかがお過ごしでしょうか

地上界は、今日、立冬を迎え、そろそろ冬支度の毎日です
あのころ、あなたが宝物だと云っていた、お婆さんにもらった御守りと、
お爺さんにもらった純金の印鑑は、大事にしていますか

私どもは、日々の雑事に追われ、
齢を重ねるにつれ、一年や、一日の長さが、だんだん短く感じられるようになり、
昨日と一昨日の区別もつかない有様です

空をゆったりと渡る月の上から見える私たちの星、地球は、
どんなに美しいエメラルド色をしているのでしょうか
その感想を訊いてみたいというのが、私の積年の想いでした
ただその想いが嵩じて、こうして筆をとった次第です
もうまもなく冬将軍がこの地方にもやってきます
風邪など召されませんよう

敬具

草太郎

小夜姫様

印象派

静かな初冬の夜に、
あまりにもあたりまえに夜が来た
今日は、朝から図書館へ行ったり、
午後にはミルクティーを飲んだりして、
とてものんびりした一日だった

こうして夜までに過ぎ去った時間をふりかえると、
印象に残った情景の時間だけがくっきりと浮かび上がる
図書館の、司書の女性の、表情とことば遣い
パン屋の、主人のわたしてくれた、ミルクティーの代金のお釣りと「ありがとう。」

それは、鯨が海面に頭を突き出して呼吸をする、
それだけが目撃できることと似ていないか

海中を泳ぐ鯨は、人の目にはふれないものだ
僕の頭脳という海から突如浮上し、海面からその巨体をあらわにした、
「印象」という名のイメージのあざやかさ

僕たちはいつもあたりまえに日々を過ごしているけれど、
ずいぶんたくさんのことを忘れて生きている
海中にいる鯨に気づかないのと同じだ
印象というエピソードだけが、この世の適者生存の法則に漏れることなく、
りっぱに頭脳に焼き付いている

もし、すべての生き物に、そんな傾向があるとしたら、
この世はなんとまあ、いい加減で、偶然性に溢れていることだろう
みんな、印象だけで生きて、印象だけで方向を見定めているだけじゃないか

そういえば、何を忘れて描いたのだろう、印象派の画家たちは

それにしても、あの著名な印象派の巨匠、クロード・モネの「睡蓮」は、
いつ眺めても僕の目を引く

竜と雷

劈くような雷鳴に向かって、
竜が、振り返り、大地を蹴った
空は、深刻な暗黒色に染まりつつあった
雨は、自らの歴史の、何事をも振り返ろうともしないで激しく降りしきった
俊敏なのは、竜の動きの変化であった
うだるようなさきほどまでの猛暑が、
一転して雨天になり、人々は天のお告げかもしれぬ、と
両手を組んで跪き、祈った

竜は、ビルディングのガラスの鏡に映った自分の姿を、
古臭い骨董でも見つけたように一瞥し、視界から外した
俊哲の誉れ高い、この街の市長が、
「これは、既視感に過ぎない。」と市庁舎の市長室で、目を閉じている間、
竜は、市庁舎を尾の一撃によって破壊し、
五階の市長室は、その壁を吹き飛ばされた
雷鳴は轟くことをやめず、悲劇は、悲劇のまま、
クライマックスを迎えようとしていた

欲

欲が深く、欲を思い切り吐き出す人は悪人だよ、
と、誰かが云う

誠実さを恨む人は悪人だよ、
と、いかにも真面目そうな顔で云う人がいる

欲がかなわないとわかると、
意地汚いことばで夜に吠える奴がいる

我が町のバス停留所の跡地には、
まるで白い塔のような、四角形の棒が立っている
その棒には、「みんな明るくしあわせに」とある

自分の健康と幸運と幸福を、毎日、祈願する私が
今日も空模様を遠い眼差しで見上げている

あなたが好きです

あなたが好きです
声が美しいから
正直というより誠実で、
なによりとても素直だから

あなたが好きです
夢が素晴らしいから
安心というより幸福で、
なによりとても素直だから

アポストロフィー氏

アポストロフィー氏はその日も憤慨していた
自身の形状、大きさ、ならびに、色、輝き、
そういったものが社会に属する人々に充分認識してもらえないせいである
まずもって、時計が気にかかった
「on the clock」と表記せずに「o'clock」と書く
その微小な点「'」がアポストロフィー氏なのであるが、
彼、アポストロフィー氏は、その人格の有する、尊厳や威厳、そういったものが、
時間という、極めて強く正確さを要求する存在に、
充分応えていないことに強い疑念と激しい嫌悪感を感じていた
なかんずく、彼、アポストロフィー氏は自分を雨粒のように透明な、
クリスタルな輝きをもつもの、と定義していた
その点からも、自分が時間という厳格な概念に忠実でないことに立腹していた次第
なのである

次に問題になったのは、否定である
〈don't, isn't, haven't〉
「なぜなのだ！　なぜに儂は否定のために重い腰をあげて、アルファベット文字の右斜め上方より落下しなけりゃならんのだ？
儂は肯定されるために、天を離れ、この下界まで降りてきて、「本」という、人々に最も大切に愛されるものに記された「文字」というものに、ある意味を付与するために生涯の値打ちすべてを賭けているというのに！」
そうこぼすアポストロフィー氏の横顔は、
やはりいつもどおり、くっきりとしていて、滲んだり、かすれたりということを全く知らないかのごとく堂々として、小さいながらも、どこかしら風格といったものを感じさせて、
一分の隙も油断もなかった

私の哀しみ

ふと思うことがあり、
つと、席を立つ
セブン・イレブンに向かう
風強し
ひたすらペダルを漕ぐ
ヤクルト・タフマンをなんと八本も買う
韋駄天走りで帰宅する
家の縁側にすわり、タフマンを片っ端から飲む
胸が熱い
何かが胃の中で始まった
化学変化だ！
今朝食べたパイナップル・リングに化学反応しているか
おお、見よ！

私の眸から涙があふれだした
全身が、私の哀しみに反応する
悦びが、激越が、感極まって、涙となる
健康の壊れた私の双眸が、空しく、虚ろに、耀きはじめる

大好きです

朝焼けの希望のような、あなたの笑顔が大好きです
たった一輪の青い花を私にくれるあなたが好きです
私を見つけると、遠くからでも駈けてくるあなたが好きです
私のためだけに咲いているあなたという一輪の花が好きです
美しさと哀しみが同居している、その美しい眸が大好きです
愛らしさが顔いっぱいにひろがった、あなたの泣き顔が大好きです

空虚な時間

アゼンとした
この空虚な時間の営みに

雨は降るばかり
雨は降るばかり

余分な贅肉を削ぎ落とすように、
雨は蕭蕭と降っている

心の隙間に哀しみと安逸が入り込んで、
私は、何を信じたら良いのかに戸惑っている

すべてを超越して、雨が降る

昨日を忘れ、明日の展望を閉じたまま、
雨が降っている

雨にも非日常を感じ取る哀しみはあるのだろうか

耀きの夢

光に目覚めた人
その人は仄かな光の方角へ手を差し伸べ、
ゆっくりと這うように進もうとした
「光は希望だ」という啓示が、
まっすぐに彼の頭へ降りてきた
「前進」という言葉を想起しながら、

彼が渾身の力でたどり着き、倒れたところ
そこは運命の途絶した場所であった
かれの命は果てたかにみえた
やがてその人はゆるやかな耀きの渦に取り巻かれ、
ゆっくりと浮揚して、光の差し込む出口へと向かった
その洞窟の出口からは夕暮れ時の牧歌的風景が一望できた
遠くの夕映えが草原や人家の彼方に雄大にひらけていた

耀きに包まれた人は、やがて意識を取り戻し、双眸を開いた
そして「美しい土地が見える。ここがきっと、私の第二の故郷だ。」といった

耀きの夢はそこで終わり、
終日、ドヴォルザークの「新世界より」を聴くことに倦んでいた男は、
「夢だったのか」と呟いて、表情を翳らせて枕元の灯りをつけた
テーブル・クロックの表示はＡＭ２・１３になっていた

命ありてこそ

ひと口、アクエリアスを飲んでみる
こうして振り返ってみると、
ここでこうしている自分が、
無傷で、体のどこにも痛いところがないことが、
不思議だ

今、生きていられること
それは無論、私の根性のなせる業ではあるけれど
でもそんなちっぽけなものだけでは到底済まないことだ

今、生きていられること
自分を信じてやれること
人の話を善意に解釈するだけの余裕が残されていること

人を呪ったり、恨んだりする時間がほとんどないということ

今、生きていられるのは、
きっと神様に見守られているおかげだ
天地万物という名の神様から、
私の命を今日まで守ってもらえた

これからも私はしっかりと歩いて行こうと思っています
多少、歩幅が変わったり、つんのめりそうになるかもしれないけれど

まだ人生において有効打をはなっていない私
そんな私が今日もまた静かな夜を迎えようとしている
四月の夜は、穏やかで、私にやさしい

今日ばかりはすべてを信じて眠りたい

アクエリアスを飲もう

はりめぐらされた罠と、そこらじゅうに掘られた落とし穴
それらをすべてかいくぐって、
やっとの思いで、ここまでたどりつき、
あちこちでぶつけてきた頭の痛みを手で押さえながら、
今、思うこと

清く生きることは素晴らしい
力強く生きることはなおさらだ

厳しく遠い旅

２００１年
ちょうど、私が、躁状態に突入し、
精神の容体が悪化し、
自分自身と必死で格闘していた頃
それが二十一世紀の幕開けでもあった
高校時代、友人二人と一緒に観に行ったあの映画
そう、千日前のテアトル岡山で観た「２００１年宇宙の旅」
アーサー・Ｃ・クラーク原作
スタンリー・キューブリック監督の製作によるその名画は、
すでに、ＳＦ映画の金字塔と云われて久しかったが、
私の人生も、やはり二千一年に旅したあの宇宙船のように、
まさにその年に再発病した精神疾患に悩まされ、
今日、２０１５年１１月１１日をもって、ひとまず一服と決めようか、
というところである
今年の夏まで不運続きだった私だが、
ここのところにきて、ようやく明るい兆しが見えはじめた

新しい人類の出現を垣間見せて終わるあの映画ではないが、
我々の世代は、「新人類」と呼ばれた世代である
そんな新人類のはしくれとしては、
自分の人生にあの映画をだぶらせてみるのが念願だった

あの２０００年終わりから２００１年１月１日までに戴いた、
さまざまな啓示とともに刻印され、詩作を続けてきた日々の記憶
それは、困窮と苦痛の連続のなかで、自分探しをする、冒険のような旅でもあった

今日、自転車で戸外へ飛び出し、十字路で、
悲鳴をあげた、あの声は、たしかにその直後から、
私に、強い嫌悪感となって襲って来たが、
しかし、私の精神の回復を直截的に告げる、したたかな号砲ではなかったか
強いストレスに悩み、深刻に蹲っていた長い長い日々

あの映画のなかで宇宙船が目指した木星のような、たしかな目的地には、
私もまだ、辿りついてはいない
けれど、数字の並びのちょうどいいこんな日を、
精神宇宙の遠い旅の一里塚としたいと、いま、思っているのだ

さきほど風呂に入り
困難を極めた日々を思いだしながら
湯舟のなかで、躰を伸ばし、
いま、ベッドで大の字になって、
私は、ちいさく、「その日その日が一年中の最善の日である　エマーソン」
とひとりごとを云った

しろさぎ

しろさぎは、何を考えて、朝を迎えるのか
しろさぎは、何を頼りに、夜を迎えるのか

しろさぎの命は、あのくびれた首のすぐ下にある
しろさぎの魂は、その翼に、広くゆきわたっている

しろさぎが命を磨こうとするとき、
しろさぎは、風になる

しろさぎが自然に帰ろうとするとき、
しろさぎは、空に溶けてゆく

しろさぎのこころのありようは誰にも見えないが

美しく生きようとする姿が凛としている以上、
しろさぎが清々しく生きようとしているのがわかる
しろさぎは自らの白さに深く思いを致せないが、
我々は想像の翼で、自らの意識を飛翔させられる

しろさぎが夢におちるころ、我々も眠りにつく
明日の実り多きを願う我々と
明日の平和と無事のみを願うしろさぎと

俺のふるさと

そこはいつも、ピーカンに晴れてる

夜空は自慢したいくらいの星空さ

汗をかくのなら、ヘルシー・ロード
町を見下ろすのなら、茶臼山山頂
小田川の青い曲線の右側にたくさんの箱のような建物が並んでる
そこが俺のふるさとさ

たくさん恋にあこがれて、
首尾はさんざん、涙川

「口惜しい。」といきんで怒った晩もあったっけ
でも、片思いの彼女に会えたのもこの町だし、
彼女に電話したのは公孫樹のそばの電話ＢＯＸ４４番

楽しかったことも、苦しかったことも、
醜い感情も、吐き捨てたい過去も、

ぜんぶそろって消えちまった
過去という青空へ

ほら、見てごらん
もう雪化粧しているよ、あの山のあたりから

歯を大切にしよう

私は、二十代で、かなりの数の歯を修理した
それは、大学時代の不摂生がたたったものだ
そんなわけで、私は歯の美しい人に心底、羨望を覚える

私の母が、歯のきれいな人であった

五十歳という若さで亡くなる直前まで、虫歯が一本もなかった
特に、若い頃は、歯の自慢が得意そうだった
しかし、晩年、重い病にかかり、入院したとき、虫歯ができた
母は、初めての虫歯の痛みがショックだったのだろう
知り合いもいない病院で、ひとり、どれほど心細かったろう

そして母は五十歳の四月に逝去した
あの年も、今年の四月と同様、何事もない四月であった

こんなに、私は

私はこんなにもちっちゃくて、
こんなにもちっちゃい手をしていて、

こんなに紅い頬をしている
そしてあなたの前に立ち、
何事か畏れ多いことを云おうとしている

ああ、穴があったら芋を埋めたい
じゃなくて、穴があったら中に入って、
息を止めてしまいたい
そして、真っ赤なにんじんになって、
あなたの掌に愛されたい

カタプロニス博士

人文学者、カタプロニス博士の主張は、はっきりしていた

「かたいものは、強い。」

「強いものは愛される。」

「愛はいつの世も地球を救う。」

であった

彼の私生活において、
酒乱や、乱痴気騒ぎ、それに酒池肉林の時期を過ぎ、
彼の悟りが、ひとつひとつ顕在化されていった頃、
とにかく彼は、思慮深くあろうとした

しかし、生活力を持たず、精力を失って、
妻と別れた彼が最後に落ち着いたのは、
「強いものが勝つ。」であり、
「みんな立派だなあ。」という感慨に過ぎなかった
身を落し、魅力を失った彼にとり、四十五歳の短い生涯を、
美しい警句で飾れなかったことが、

最も深く、悔いるところであった

岡山の方言に対する一考察

ある種の概念というものが、人間の運命を決定する
ということは、往々にしてあるものだ
「言葉」という便利な道具が、それをたやすくする
「やねけー」であるとか「でーれー」といった表現がほかの言葉と混ざると、
とても不思議な効果を発揮することがある
いわんや「あてーさかしー」とか「まーじゃろうでぇ」となると、
独特の風味を醸し出すものだ
いずれも、いわく云いがたいユーモアの風味が添えられている
ところで、我が郷土岡山県矢掛町では、

「もうええ」とか「やめる」とかいう言葉が、
強い力を持っている
多義的なこれらの言葉は、深刻な場面にとても重宝される

ところで、もっとより一般的な岡山の方言を挙げるなら、
「ぬきーのー」とか「日が照りょーる」
といった言葉がとても重い効果を持つことに思い当たる
そして、そんな言葉の意味やニュアンスが秘密にされているのが、
言語というものの持つ、ある種の特殊性であり、便宜であり、ある意味、
有利性であることは云うまでもない

あなたとわたし

あなたとわたしが出会えたこと
これはひとつの、えにしです
あなたがわたしにかけてくれたことば
これは大事な宝です
あなたがわたしを叱ってくれたこと
これがわたしの路を照らす灯りとなるでしょう

風が運んできます
遠い国の大切な種子
波が運んできます
遠い国の少年が手紙をつめたガラス瓶

あなたがわたしにしてくれたこと
それはひとつの種子であり、
それはひとつのガラス瓶

あなたとわたしの体温が違うから、
あなたの話はすべてがわたしに伝わるわけではない
しかしあなたは説得をつづける
あなたは説明をつづける

空に太陽があるように、
夜空に月があるように、
かならずあるのが人の運命と事情です

今晩、あなたに感謝の手紙を書きましょう
精一杯きれいな文字で手紙を書きましょう
わたしが学びとった真実について
わたしが選んだ道について
そして、あなたとわたしの一期一会が、
どれだけ豊潤な実りをもたらしたかについいて

チューリップのシャープペンシル

めったによその町へ行かない僕が
倉敷のデパートまでバスと電車を乗り継ぎ
彼女のためのクリスマス・プレゼント探しに出掛けた
アポロ帽の僕、中二、十三歳

お目当ては、都会的なデザインのシャープペンシル
文具の売り場でなんと一時間も迷って、それでも決まらず
とうとう僕の態度に気をもんだ店員のおねえさんが、
「何が欲しいの？」
「彼女へのプレゼント」
「じゃあ、これがいいわ。これにしなさい。」
そう云われて手渡されたのが、紅いチューリップ模様のシャープペンシル
本当はもっと洒落たのが欲しかった、というのが本音だった

でもお姉さんの忠告を無碍にはできず、
それが十三歳のクリスマスの思い出
もちろん、プレゼントは彼女に手渡し、
ひきかえにハンカチーフのセットをもらった

もうとっくに昔の話になっちまった
いまでもあの頃の思い出が、走馬灯のように僕の脳裏をかけめぐる
若すぎた頃、初めて切ないと思えた日々の記憶

歩く

我々は歩く
「歩く」とは、前へ向かって進むことだ

我々は後ろへさがることを決して「歩く」とは云わない
前へ向かって歩くことだけを「歩く」と呼ぶのだ

歩きたくない人もいるだろう
歩きにくい靴を履いてしまった人も
歩くことが辛いという人もなかにはいるに違いない

それでも、歩くことは心を軽くしてくれ、背負った荷物の重さを忘れさせてくれる
さらには、気分転換をたやすくし、体力をつけ、さまざまな対応力を養うだろう

正しく歩く人は、周囲の人々の心を明るくし、
歩くことの大切さと立派さを諭すことにも気づくかもしれない

歩いてさえいれば、人は心地よくなり、
歩いてさえいれば、明日という日は近くなる
そして、今日という日がより大切な一日となる

池

その池は、薄暗い林のなかにひそかにその身を隠していた
その池には、古くから言い伝えがあり、それは、
この池に、河童が棲んでいるというものだった
言い伝えのとおり、その池には河童がいたが、その河童は、
その池に棲む蛙を肥大化させ、彼らを思うがままに操っていた

夏になると池の面は百匹のアメンボたちの活躍で華やぎ、
水面の揺れは空に乱反射して光の空間を周囲につくった
肥大化した蛙たちも、牛のような声で池を騒がしく、また活気ある場所にした
河童は池の畔に寝転んで、よく背中の甲羅干しをしたものだった

秋になると池の水面に枯葉が次々に舞い落ちて、
河童はもの悲しい気持ちになるのだった

この季節、蛙たちは、殊勝な顔をして、よく河童の説教を聞いた
その説教は毒にも薬にもならない性質のものだったが、蛙たちは、
とにかくなんでもいいから、暇な時間を埋める話を欲したのである

冬になるとその池にも牡丹雪がよく降った
次々に水面に着氷する雪に、河童は寒さも忘れて見入った
しかし、あまりに寒く感じられるときは、
河童は池の南の端にある温水の湧き出る浅瀬で冷えた体をあたためて
憩いの時を楽しんだ

春には、蛙たちの卵から次々とオタマジャクシが生まれ、
河童はそれらが肥大化してゆくのを目に愛情をこめて、見守った
オタマジャクシのやわらかさは水中で命のあたたかさのように動いて、
めまぐるしかった
池へと差し出された若葉の葉脈がじっとその様子をみつめていた
まるで仲間を見守るように

春は、オタマジャクシを見つめて、まるでわたくしみたい、とつぶやいた
以上で分かるとおり、河童はその池の主であり、蛙たちはその使徒であった

河童は蛙たちのつくる土団子を好物とし、
蛙たちもそれにこたえて暇を見つけては土団子をつくった
土団子には、池の水に含まれるある鉱質が混ざっており、
それは、蛙には毒でなかったが、
河童には命とりになりかねない危険な物質であった
ある月夜の夜更けに、月見を楽しんでいた河童は、天啓により、
寿命があと一年であることを知った
それで河童は蛙たちに河童の健康法であるところの
河童体操を教えておかなくては、と思い立った
少しでも自分の人生を意義あるものにしたかったのである
ところが河童の関節は蛙のそれと異なっており、
河童体操は、蛙たちにとって苦行にしかすぎなかった

春　蛙たちは首の回し方をならった
　蛙たちのうち、数匹が首をねじって死んだ

夏　蛙たちは肝の冷やし方を学んだ
　再び悲劇はおこり、被害者は両手では数えられなかった

秋　蛙たちは夢の持ち方をならった
　しまいに「夢だったんだよ」でおわる体操ソングに皆が腹を立てた

冬　局部を冷やすとよい、という健康法は、蛙たちの精力と胆力を急速に落とした

一年の後、蛙たちはすっかり衰弱し、河童はその生命を失った
その後、その蛙たちが小型化し、あたりまえになった、その池は、「予定調和の池」
と村人たちにうわささされ、盛者必衰の理を、教訓として残したという

今、その池には昔のような痺れる程の魔力は、もうない
池は、新しい春にいかなる花を待ち望んでいるのだろうか

夢のある人生

空を焦がす焔
あれは私のジェラシー、執着心の具現化されたもの
数限りない苦難に直面し、
虐げられ、謗られ、顔面を殴られ、
ここまで私は歩いてきた
遠く、辛い道のりであった

夢はもっていた
はるかに届きそうもない夢を
夢は私の傍らに常に在り、
夢に支えられて、私は困難を乗り越え、
夢を育んで、自らの力とした
もし私に夢というものがなかったら……
と思うと、背筋が凍りそうだ

昨日という日が毎日できるように、
明日という日も、いつも待たれている
永遠の幸せなどあるわけはないが、
明日を祈る希望は、誰だって、いつだって心の中で唱えることができる

私たちが幸せと思っているものは、
実は災難のあとのやすらぎであったり、
大失敗のあとの、立ち直ろうとする気概であったり、

ひとつ息をついたあとの安心感であったりする

不幸のあとには幸いが訪れ、
幸いのあとには不運が訪れる
その交互の訪いが、人生という大河の流れの乱れや澄みであり、
だからこそ、河を下るにつれ、水底の石は丸く小さくなる
感情の起伏が落ち着いてくるせいもあるだろう

私たちは常に未来に向かって開かれようとするが、
新たなめぐり会いを求めるのが人生ならば、
すべての一期一会に幸運のチャンスは潜んでいる

午睡（夢の中の孤島で）

夢見がちな眸で見つめる午後の景色
空の向こうに海がある
海の底には真珠貝が眠る
空の真下では、私が眠りに落ちようとしている
七月の真夏日の午睡（シェスタ）
光に溶けまいとして陰に眠る習わし

素敵なロマンス

そのヘアバンドも、

その耳飾りも、
すべてが虚飾の匂いを一切纏わぬまま、
君へのオマージュとして咲いている

ゆるせよ、乙女
君と契ることを
憩えよ、乙女
僕のはだけたこの胸に

あらゆる可能性が犇めくこの瞬間、
僕は君の、香り高いエッセンスを受け止め、抱きしめ
君の名を小さく呼んだ
つつましやかで、恭順な君に、
神秘の味の口づけをした

そうして秋の日が暮れてゆく

紅の空と、
紅の君と、
すべてに従順になったこの僕をのこして

プラカードの行進

知ることは権利
知られることは義務
プラカードにそう書きつけた行列が行進してゆく
侵すことは権利
侵されることは義務
そう書いてあるプラカードも行列に加わる
踏みつけることは権利

踏みつけられることは義務
そう大書したプラカードも
勝つことは権利
勝たせることは義務
……
トーンの変化に俯いて、ちがう、とだけ云って
振り返る
蒼い蒼い、限りない空が広がっている
遠い遠い、尽きることのない土埃が見える
遥かな遥かな、夢のような国がある

横柄な男

「全部おまえを知っている。」
とひとりの男が、はっきりした口調で云った。
「そんなえらそうに、何を云うんだ。」
と私は内心思い、いかにもおかしなものを見るような目で、彼を見た
私の態度があまりに平然としていたせいか、男は
「とにかく、私はおまえを全部知っているんだ、といってるんだ。」と云う
ライオンにも似た、オール・バックに決めた頭に、隙のない三つ揃いの紳士服
彼の格好には、まったく異議をさしはさませない何かが、確かにあった
「何かの間違いだろう、じゃ、さよなら。」
「いいかげんにしろ。もうどうにもなりはしないんだ。」
「何を云ってるんだ。」
「人の話は聞くもんだ、といってやっているんだ。」
私は、精神病かなにかか、あるいは日本人の顔かたちをした外国人かと思った
「もう、いいから。」
そういって、私は半面識もないこの男の追及をかわそうとした
突然、背の高いその男の声が雷のように上から落ちてきた

「置いて行け。」
私は、一瞬、混乱しそうになって、「何を?」と尋ねた
「全部だ。」彼の声は明晰だった
「だから、何を全部置けばいいんだ?」
「おまえの愛だ。」
「どこにそれはある?」
「当然、おまえの首の下だ。」
ここで、私はやっとこの男が、私のネクタイ・ピンのライオン・マークを気にしているらしいことに思い当たった
「ご自分でも、ライオンを意識することがおありなんですか?」
という私の質問に、彼は、「おまえは、牛皮のコートじゃないか。
ここは社会の戦場だぞ。しっかりしろ。」と云った
「あなたがライオンで、私が牛か、いいでしょう。」
それから、われわれは、一時間も社会学に関する討論を行った
男の云いぶんは、勝ったものが正義、というものだったが、
勝利までのプロセスをあまりに軽視しすぎている気がした

私の云いぶんは、『社会とは、フェアー・プレイ精神とルールのある戦場である。』
というものだった
男は高らかに笑った
「この世の中がフェアー・プレイ精神に基づいて全うされるスポーツと同じだとでもいいたいのか。」
私は、男の云い様に腹を立て、なんでそんなに俺に突っかかるんだ、と問うた
「何でもない。私はおまえのネクタイ・ピンが私のスタイルやカラーに似合ってるから、それをもらいたいだけなんだ。」と男は説明した
半分やけくそになって、自分のネクタイ・ピンを彼にやると、男は、
「チンケな新手の商売と思ってくれればいいから。社会という戦場で敗れた一兵士ってところだな。」
といって、街頭の人混みにまぎれた
私は、「目には目を、歯には歯を」という私なりの絶体規範を両手に握ったまま、男の去った街角で棒立ちになっていた

落日

壁に夕日があたっていた
空気は澄んで、風に音もなくさざめいていた
何かの予感が空の吹き溜まりから破れ落ちるようにして、入ってきた
誰の為した業かはわからなかったが、天啓とは受けとめかねた

空が獰猛に怒りはじめた
夕日はすでにその顔色を変え、
どす黒く、暗い雲だけが、空を凌駕した
それでも、いつまでも季節の情緒は気色を失わなかった

今、南方の空から、鴉の群れが飛来し、
空を黒くするほど群れている
絶望的な、突然の眩暈に、囚われた私

私には、もうどうすることもできない、という恐怖だけが、
胸にこみ上げている
ああ、すべては致命的な空耳であったのか

懐柔がなされるはずであった
どこまでも涯なくつづく旅になりそうな気がした
どこの世界でも、どこの星でも誠意は最後の砦のはずだった
夜はすでに、その岸に流木を遊ばせていた

LIMITED　EXPRESS　YAKUMO

特急八雲号の客席に君の横顔をみつけた
びっくりして息を止め、狂喜した僕には、思い出が湧き出るように溢れだした

4番のプラットホームで君と再会できた喜び
満面の笑顔で君を見つめる僕
しかし車窓の君は、僕の顔にチラッと目をやっただけで無関心を装った
あざやかな紅のブラウスに身を包んだ君は、
金属音の発射ベルとともに、倉敷駅をあとにした
特急八雲の後姿を見つめる僕には、
一斉に悲しみが襲いかかってきた

あの頃、まだ美少女だった君は、オーバーオールが似合っていて、
少し栗色っぽい髪がとても綺麗だった

好きだったんだ、長い間

もう会えない
もう会うまい

青春の夢の本編はこのシーンでおしまい

オランウータン村の最期

期するところがあって、
オランウータンたちは、みんな死んだ
オランウータン村の集会場へと避難していた、
村人たちは、一斉に帰宅した

その晩は、星々があきれかえるほど美しい夜だった
誰も、星の秘密があからさまになっている夜空とは知らずに、
穏やかに談笑しながら、家への帰路についた

ボダイジュの花が、星々に向かって、
一心に、その来歴を語りつくしたのも、この夜だった
翌日、オランウータン村の人々は、
皆、遺体として、発見された
しかし、その理由を説明できる者はどこにもいなかった

川霧

小田川の水面をゆっくりと這うように進むもの
遠くからも、そして近くからも、その実際をみつめさせるもの
それが、この川霧である
十一月二十二日、初冬を迎えたこの川に、

うっすらと、しかし確かに、
漂うように流離うように進むもの

嵐山の山際には朝の太陽の小さな円がのぞき、
手強い力を垣間見せる
力の根源としての紅い可能性
威力も誇示も自然のなすがまま

夢見る時間は、あこがれをもとめた季節
その頃の、夢見る眼差しは、常に誇らしげだった
あれは、情熱と懶惰の、青春の炎

あこがれを追い求め、理想を追求し、
理不尽をゆるさず、可能性を食い尽くす

ところが、対岸の嵐山は鬱蒼と繁り、

何気ない火曜日の朝を腹蔵なく受け入れている
日常と云う新鮮な空気を肺いっぱいに満たした私

途方もない夢ばかり見ていた自分を見ている自分がいる
諦めることを死ぬほどいやがって、卑怯者にもなってみた
夢を忘れるために、幻惑と反省のみに追われた日々

水面は鏡となって、嵐山を映し、
水面の上を行く鴉の姿も、浮かべている
私もあの鴉のように水の鏡に映れば、脆い映像か
何度も人生を諦めかけた、苦しい日常を思い出して足がすくむ

今、嵐山の山際から太陽が離れはじめた
太陽の円が次第に大きくなり、強烈な日光があたりの輝きをきわだたせる
私の自意識が背筋を伸ばし、私は、ぐっと全身に力を漲らせた

流れ橋は、橋梁のみを残し、川霧越しにみると、
まるで、犀が一列に並んでいるようだ
私、という自我とかけ離れた、孤独な佇立者たち
自然、という暖かき母体の中で静かに「生」の筋道を辿ろうとするのは
ゆっくりと我を取り戻し、癒されたという感覚に気づく私

ああ、東の茶臼山の山頂には銀の塔がひとり輝かしく立っている
私も、この土地に根を張り、より落ち着いた人格にならねば
そう思って、空を見上げると、風の吹き通う空に、
鴉が数羽、黒い辣腕のように力強く飛び去っていった

(註) 現在、矢掛嵐山には流れ橋はその痕跡も残してはいない。

神

桎梏の闇　無窮の宇宙に、
ただひとつ、地球という青く美しい水の惑星が回転をつづける、
偉大で豊穣な貴い球体

その地球を、その衛星であるところの月の地面に、
腰をおろしてだまったまま、ずっと見つづけてきたのが、
永い永いあいだ、孤独に耐えてきた永遠不朽の、神という存在

「光あれ！」という輝きのことばのたばしりの後、
生きとし生けるもの、そして、天地万物を抽象化し、具現化し、形象となし、
思想にし、イメージとし、あるいは、空想に置き換え、
人類のよりどころとさせてきたのが、ほかならぬ、その悠久の神であった

その神が、月面で大きな岩に腰かけて悠揚と構え、
独り言をつぶやく

「あぁ、いま、綺麗な花火がスカンジナビア半島から上がった。
清く、正しい人生を生きた人間の御魂があの花火となって宇宙を飾る。
尊い死だな。」

「おや、いま上がった花火は、不思議な色をしている。
日本という国のあたりから上がった花火だ。
きっと、原爆症に苦しんだ人生なのだろう。
なんという激烈でまぶしい花火だろう。」

「いま上がったのは、南極のペンギンの死を悼む花火だな。
厳寒の極地で思う存分生きたにちがいない。
立派な死だ。」

さぞかし美しい自然に恵まれた、素晴らしい人生だったに違いない。」

神は、ふと鼻水をハンカチで押さえて、
おのれの人生を振り返ることをしようとした

すると、華々しく、小さな花火が、地球の天空を飾った
「小さな子供の命のようだ。力一杯生きた人生だな。
美しいものを見せてもらった。」

神は、感動をあらわにし、すすり泣いていた

すでに四十六億年もの永い年月、地球の生成と歴史を見届けてきた、地球の神

花火は、際限なく、次から次へと、打ち上げられている

そして、月の上方にも、様々な惑星や、星雲の光が、

その輝きを、全きものにすべく、常に移動をつづけている

神はうずくまり、地球というこのうえなく美しい星の将来の安全と平和を祈った
両手を組み合わせて祈るその姿は、尋常でない神々しい光となって輝いた

そうしている間にも、地球からは次々に花火の輝きがひろがり、
地球という惑星の命の在り様を伝えるかのごとく、運命の秩序をほのめかしていた

遠い遠い寂寥のかなたに

緑滴る、大いなる自然
そのなかで、産声をあげ、
そのなかで、教育を受け、

そのなかで、人格を磨き、、
そのなかで、恋愛をし、
そのなかで、愛を与え、
そのなかで、苦労をし、
そのなかで、自然と一体化して、
個人として、
あるいは集団として、
経験の蓄積と、努力の積み重ねにより、
自らをあるいは同胞を高め、その和をも高めていった人間
そんな人間のうち、賢い者は、いつの時代も云った
一番大切なもの、それは人の命だ
そして、時として、それとひきかえにしなければならないもの、
それは、個としての自由であり、あるいは矜持であると
そして、生ある限り、人は、価値という万物の共通単位を抱きしめているのだと
森という存在、その価値
森のなかの木々のそれぞれがもつ存在感、そして価値

地球という存在、その価値
地球の上の人それぞれがもつ存在感、そして価値
我々のなかの魂、その存在と価値

我々は遠い遠い寂寥のかなた、数千光年のかなたに、
その存在と価値の必然性の鍵を忘れて来たらしい

天国へ昇る

何かを求めて、わたしは天国へ昇る
雲が、鳥が、差別が、階級が、
夢が、ロマンスが、恋が、肉欲が、わたしの障害物となる

何かを求めて昇るのだが、さて、その何かとは何だっけ？
と、わたしはふとふりかえる

宝石だっけ？
高級時計だっけ？
愛人だっけ？
あるいはまた、
夢だっけ？
あこがれだっけ？
権力だっけ？
不老不死の命だっけ？

途方にくれて、天国を流れる川を眺めるうち、
わたしは、［楽観］と書かれた標識が、河の畔にあるのに気づいた
わたしは、自分が夢をみているのだろう、と思った

ふりかえると、遠い遥かな山脈が、
雪渓の白のきらきらとした光でこたえてくれた
際限なく幸福な気持ちがわたしのこころを浄化してくれた
そのあとわたしは天国の道端のえのころぐさを一本ひきぬいて、
たわむれにその匂いをかいでみた
夢のような空がどこまでもどこまでもつづいていて、
わたしは、ここにはかつて、何度か来たことがあるはずだ、と思った

第五章

託宣

ある年、ある地方で、思いもかけない出来事が次々と起こった。

その始まりは、その年の十二月十二日であり、終わりの期日は、十二月二十四日であったという。

その町、旭町の南西部にある体育館で、ある遺留品が発見された。

それは、大きな白い紙であり、それには大きな文字で、しかも墨櫃で、「これは、だいじょうぶ。」と書いてあった。

よくその体育館をしらべると、その体育器庫から、すべての体育器具が持ち出されていた。

また、旭町の東部にある小学校には、「いただきます。」の墨櫃の紙があり、

なぜかそこでうずくまっていた謎の和服姿の中年女性が、
五千円札七枚をその場に置いて行った。
そして、その小学校からは、すべての消火器が盗まれていたという。
他にも、数件、似たような事件が起こり、
いずれも白い紙にひらがなの文の墨櫃が残されていた。
失われたものは、書物だったり、米だったり、稲の苗だったりしたという。
一連の事件の終わりには、天から「望むなら枯れるまでゆけ夢の道」
との託宣が、青い空の深い深い奥から聞こえてきたという。

トリケラトプスの朝

第一章
トリケラトプスという綽名をもった三十代初めの男は、今日も困難を感じながらどうにかこうにか命をつないでいた。

彼の茫洋とした意識の中では、すべてが敵であり、同居している唯一の家族であるところの父親も、九州で暮らす兄も、それに近所中すべてが敵に見えていた。

トリケラトプスというのは、太古の昔に生息していたと云われる恐竜の名称であるが、その巨大かつ鈍重な生物は、背中に五角形の板のようなものをたくさん連ね、たとえ自身の尻尾の先端に大きな岩石が落下しても彼の小さな脳が「痛い。」と感じるまでに驚くほどの長い空白の時間を必要とする、のろまな怪獣である。

一方この白髪まじりの男は、まわりの世界から完全に孤立した自宅の自室で寝起きする、ひきこもりであり、すでにこうした生活を五年も続けていた。

父親は子供服を商っていたが、最近は近くにデパートができたおかげで、生計はままならない状況だった。だから父親の毅は、息子の益男のことを、ダメオジサンと呼んではばからないのだった。

ところで、このトリケラトプスと呼ばれる益男は、何を生き甲斐にして命をつないでいるのかといえば、彼は短歌を詠むことを楽しみとし、唯一の愉楽としているのであった。

最近の短歌の詠みっぷりは以下のごとくである。

初夏の早朝の庭に輝ける蜘蛛の巣ゆれる鮮やかなまま
初夏のノースリーブに出会うたび腕の白さに見惚れておりぬ
止むことのなき雨ならばいっそごと生涯雨がつづくを祈る

彼は若い女性に深い憧憬をもっており、晴れの日より、ときには雨のほうを好む性格の持ち主であった。だから、光の溢れる朝や昼間より、闇に閉ざされた夜のなかから、光照る場面を思い描くことに関心があった。

第二章

そんな益男であったが、彼はある晩、深夜にふと目覚め、喉を潤したくなった。それで、階下へ降り、台所へ、冷えた麦茶をもとめて歩いて行った。ところが、益男が冷蔵庫の正面にたち、その扉をあけると、明るい庫内から、素裸のうら若くみめうるわしき女性がほほえみかけた。そして、その大型冷蔵庫の外へ足を踏み出し、「こんばんわ。」と語りかけた。

益男は麦茶を取ろうと伸ばしかけた手を引っ込めて、この非現実的な光景に驚き、その場にへなへなとへたりこんでしまった。

妖精のように背中に緑の葉のような小さな翼をつけたその全裸の女性は、十七、八歳の娘であり、すこし青みを帯びた明るい光のような清冽な裸身であった。

益男は幻覚を見た、と思い、ゆっくり起き上がり、「待って！」と呼びかけるそのニンフらしき女の制止の声を振り切って、台所を出て、よろよろと階段を昇り始めた。昇りながら、ついさきほど遭遇した奇跡について思いを巡らせた。少し愁いをふくんだ愛らしい顔にふくよかな胸、そしてくびれた腰と美事な脚線。

そのどれもこれものいちいちが、彼が、闇と名づける自分の世界から覗いてみたかった、この世の光のような、自由と可能性の香りのする、別世界の存在であった。

階段の最上段まで達したとき、階下から、さきほどのニンフが、

「全権委任して！　お願い！　あなたの全権をこの私に委任して！　すぐにも！。」

と叫ぶ声が聞こえた。闇の中で響いたその声は、益男の鼓膜に衝撃をあたえるほどの強さで彼を襲った。

益男は、思考が混乱してきて、もう、ただ早く休みたいだけの心境になっていたので、「どうぞ。」と小声で云って、自室へこもった。

彼は、部屋のなかのシングルベッドへ倒れ込み、そのまま仰向けに体を動かして、両手で顔を覆った。そして、さきほど台所で見た映像が、くっきり瞼の裏に焼き付いていることを確認した。

階下から、また声がして、「ここへ置いとく。」と云ったようだった。

益男は、頭を整理するために、短歌を作ろうと試みた

沈静化する我の魂その奥にひっそり息する女人をみたり
若き風ひとむらの林駈けぬけて奥にいませり泉のニンフが
頽廃の美を徳とする男には麗人の美は瑰麗なるべし

短歌をつくっているうち、頭がしゃんとしてきた、と益男は感じて、さきほどの光景は、冷蔵庫が故障して、おおきなつららでもできたのではなかったか、と訝った。そして、あのニンフに見えた女性が、全権委任して、と叫んでいたことが、なんとなく思い出された。と、同時に、自分の意識が、ニンフを大きなクリスタルのイメージへ、そして、やがて、大きな水滴のようにイメージする方向へ動かされていると、感じた。

益男はその目に見えない、自分の精神を動かしてゆく力に抵抗しようとした。しかし、そんな彼ではあったが、あれほど美しい裸の女性に何もできなかったと、自省の念にもかられるのであった。

そして、ふと父親のことを思い出した。そういえば、益男の父親は、昨日から町内の仲間と久しぶりの旅行に行っていて、家を留守にしていた。したがって、益男が家をまもっていることになる。

父親の毅は、家を出るとき、にっこり微笑んで、

「台所にええもんがあるけえ、あとで見とけ。ほんなら、行ってくる。」と云って、楽しそうに出て行った。

益男はそんな昨日の毅の言葉を思い出しながら、腹の底に冒険心を湧き立たせては、再び一階へ降りてみた。

ところが、台所には電気もついておらず、それどころか、冷蔵庫の中は、昨日の内容とちっとも変っていなかった。ただ、大きめの皿にラップで包まれた魚の刺身が入っていたことを除けば。

益男は、未明の時刻になり、夜がしらみだした戸外を見つめ、暗い部屋の中で、じっと耳を澄ませてみた。水道の蛇口から滴る水滴の音だけが、その空間を占めていた。

彼は、以前自分で詠んだ短歌を思い出していた。

山鳩のホウホウと啼く夜明けなり他には滴りだけが聞こゆる

それから、台所のスイッチをONにし、ぐるりとあたりを見回した。そして、食卓の上を見た。そこには、ピンク色の封筒が置いてあり、そのなかには、便箋がはいっており、きれいな字で何事かがつづられていた。しかしこんな照明の下では、文字をしっかりと読み取ることは難しかった。

彼は、よく事情が呑み込めないまま部屋へもどり、深い眠りにおちた。まだ時計は四時をまわったばかりだった。

第三章

目が覚めると、空は抜けるように青く晴れていた。薫風が開いた窓から吹き込み、益男はいい気持ちでベッドを降りた。

階下へ降りると、周囲の環境のノイズのせいか、水滴の音も気にならず、未明に見つけたピンクの封筒も、よく見ると、ごく当たり前の白い封筒に過ぎなかった。中に入った便箋には、見慣れた父の字で、「益男の短歌が今日の××新聞の短歌欄に一席で載っていた。切り抜きをいれておいた。おめでとう。」と書いてある。
封筒に同封してあった短歌は、確かに二か月前、益男が××新聞に送ったものであった。

暁の揺籃のごとき山の上新樹一本燃ゆるごとく立つ

益男は、昨日からの事を振り返りながら、自分の作った短歌を読み、そして目を上にあげて、この短歌の一席だけはまちがいない事実だ、と思った
それにしてもこの俺に与えられた恩寵はこの短歌の栄光だけなのか、と落胆せずにはいられなかった。
そして、空腹を覚えた益男は、冷蔵庫に父親が残していった刺身を見つけ、「鮪の刺身か。」などと呟いたあと、不思議な連想を頭の中に巡らせながら、わさび醤油につけた鮪の刺身をひと口、パクリとやったあと、さも美味そうに表情をくずした。

咳

ある疲れ果てた日の暮れ方、堰一郎は、長い午睡から覚め、落ち着いた足取りで二階から降りた。彼のいた二階の部屋は、どうしようもないほど散らかっており、新聞紙が散らばり、本やノートがきちんと置かれていなかった。

十月の午後の陽射しをまともに受けた南向きの六畳間の部屋はほどよい温度に出来上がっており、午睡にはうってつけの場所だった。ただ、ゴミの屑と、書棚の猥雑さと、ページをひろげて放り出された辞書類の異常な光景を除けば。

一郎は、一階の台所にふらふらと入り、水道の水をコップ一杯飲み干した。約二百ｃｃの水だ。それから、その水が予想外にうまかったので、もう一杯、水道水を飲んだ。さらに三杯目の水も飲み干した。

彼はふと冷蔵庫が気になった。開くとパックのジュース類が何種類か入っている。いまや彼は、その興味をりんごジュースとオレンジジュースに奪われてしまっていた。

彼はさっそくりんごジュースをコップに注ぎ、ごくごくと威勢よく飲み始めた。

すると、ジュースが喉に詰まってしきりに咳が出た。しかし彼は、その咳に抗って、強引にりんごジュースを飲み続けた。次から次へと出る咳にぜいぜい云いながら、彼はすでにオレンジジュースも飲もうとしていた。察しのとおり、彼はフルーツ・ジュースには目がない質の中年男なのであった。しかし、オレンジジュースを飲み始めると、さきほどのりんごジュースの時と同様、咳が止まらなくなってしまった。しまいに呼吸困難になり、咳が落ち着くまで、台所の床にしゃがみこんだ。一郎は、何が災いしたのだろうか、と疑問に思った。この年になるまで、そして今日のこの日まで、彼はこんな症状を催したことはかつてなかったのである。

半分やけっぱちになった彼は、冷蔵庫の中のトマトジュースを取り出し、その缶ジュースを飲もうとした。そして、ひと口飲んだだけで、彼は真っ赤なその液体を吐瀉した。台所の床が真紅に染まった。

彼にはこの事態は全く理解できなかった。彼は混乱した頭をもとにもどすため、落ち着いた環境を求めた。そして、ゆっくりと階段を登り、自分の部屋へ入った。それから、醒めた目で部屋を見回し、自分の部屋はなぜこんなに散らかっているのだろう、と考えた。

まず、ひろげて置いてある辞書に目が行った。

「ああ、あれはロングマン・コンテンポラリーだな。」と彼は思った。

彼がしばしば使っていた辞書だった。小さく咳が出た。

目をコンサイス・オックスフォード・ディクショナリー（COD）に移した。彼はその辞書によく頼ったものだ。激しく咳が出た。

それから目線をとばして、本棚にある小型のコンサイス英英辞典の背表紙を見つめた。すると、びっくりするような咳が出て、彼は、二、三歩後ろへよろめいた。その辞書は、彼が大学時代、大学のそばの書店で見つけて、宝物のように大切にしていた本だった。

彼は振り返ってみた。自分の中の何かが、自分に反応して、咳が起きているらしかった。

実は彼は、物の価値を量るのに、自分の興味や関心といった物差ししか持っていなかった。そのため、彼にとり、この世の中は訳のわからないシステムで動かされている、と感じていた。彼は、大学で学んだ経験を持つくせに、なぜか、「価値」という概念を取り入れるのを忘れていた。全く信じられそうもないことだが、彼は、ありとあらゆる物品の価格は、それを作った人の、そのときどきの興味や関心を基準にして決定されていると思い込んでいるのだった。

それから彼は、ぼんやりと部屋の外側のバルコニーへ出て、西空へ落ちてゆく太陽を見つめた。太陽はそれほど彼に刺激を与えなかったせいか、彼は咳をしなかった。

彼は部屋を振り返り、もう一度部屋が荒れている理由を考えようとした。すると、どうしようもないトラウマが彼に襲いかかり、彼は身もだえして苦しんだ。

床に転がり、手足をばたばたして、困窮を極めながら、彼は自分の出自に思いを巡らせた。彼は、自分の親を本当の親ではないと考えていた。だから、親のまねをすんなりすることができないでいた。ここまでおおきくなった四十四歳の彼が精神を混乱させた状態でこの部屋で寝起きし、一歩も外に出ないのは、父母を信頼できず、尊敬できず、その教育を信用できなくなり、両親の価値観に不信感を抱いていたせいであった。

一郎の父は、人格の重厚長大を、一方彼の母は、人の素直さを、人を見る場合の価値の基準としている。人間の重さにも、そして、清さにも偏ることを許されなくなった一郎は自分の価値観をその場限りの興味という単純極まりない物差しで計るしかなかったのである。

彼は社会に関心を持っていなかった。だから新聞もごく一部しか読まない。

そんな彼が、ふと、音楽に興味をもった。

彼は、その日、「ブランデンブルク協奏曲全集」のCDを自室のCDラジカセで再生させた。すると、激しい嘔吐感とともに、けつまづくような咳が彼を襲ったのである。

実に、彼には「美」そのものに対して反発するという性向ができあがっており、それは父の唱える重厚長大な道徳観や、母の愛する美談をすべて拒否するところから生まれていた拒否反応だった。

そうして彼は、自分が社会のどこに立ち、何に範をとり、何をすべきかについて答えがだせなくなっていた。そして、何を為すべきかに混乱した彼は、大きな咳をつづけざまに繰り返した。咳を続けることで、何か新しい局面に出会えそうな気がしたせいである。

その晩、彼は一晩中、あれこれ咳を工夫して、自分の内面世界と咳との関係を模索した。

その結果、咳は、心の青信号の直前の赤信号であるという、少々あやしげな結論に達した。

翌朝、一郎は一升瓶のなかの清酒をおおきなグラスになみなみと注ぎ。その朝日に輝くグラスと清酒の美しさに見とれた。そして、一気に清酒を飲み干した。

すると、びっくりするような咳がしばらく続き、彼は、黙り込んだ。

それから、彼は知らぬ間に寝付いていて、時刻は、いつのまにか夕刻が迫っていた。

彼は、その部屋の鏡で自分の顔を見た。その顔は、偏食と過食によってむくみ、醜い容貌になっていた。

彼は「美」を拒否するあまり、他の何になることもゆるされず、「醜さ」そのものに変貌していたのである。醜い怪物になった彼は、昏くなりかけた空を見つめた。すでに一番星がきらきらと輝いていた。一郎は、自分もあの星のようであればいいのに、と心の底から思い、深い溜息をついた。彼は、自分の掌を見つめ、人生とは模索することだ、と呟いて、かすかな光を夜空に求め、目をうるませた。

第六章　YOUNGER DAYS 篇

5月～あなたへ～

この街があったまって
5月が来ました
たぶん、北半球は全部そうかな
燕の来訪という幸いもうかうか見落とせない報せです
そういえば僕の夢もそろそろいい温度にあったまってきたのかなって思うんです
青葉若葉の美しい季節です
あなたがもっともっと輝きますように

夢が人を変えるって本当のことです
大人になることも夢のように思えたりするものですね
昔、人格改革だ、なんて云ってた頃見えていたのは、
おそらく人から自分がどう見えるかだけだったのでしょう
自分勝手に自分を解釈する、そんな度胸ももっていていい
そんなことも考えます
あなたの夢がいつか目標になって、どんどんあなたが華やぎますように
あなたがどんどん自分を変えていって、
昔のあなたが跡形もないような幸せな女性になれますように
そう、あなたの街にも間違いなく5月は来ているのです

はるのふうけい

なのはなのさく、わかわかしいみどりのきしべ
とってもやさしいかぜに、えがおのままではこばれて
いま、ここをしあわせにあるいています
たいようがぼくのうえを、きもちよさそうにめぐり
めをふいたばかりのしぜんが、ほほえみをもってぼくをむかえる
なにもかもがいきている
なにもかもがたくましくいきようとしている
ぼくをゆうきづけ、ゆるし、ちからづけるものは
うつくしいこのふうけい
あるいは、てんちばんぶつというなのかみさまたち
ああ、いきていることがうれしい

野菜ジュース

天界へのあこがれが空をあんな色に染めた
君を抱きしめたら草原の匂いがした
夢を見上げたら空が明るく輝きはじめた
もう夏も盛り
どれだけ手を伸ばしても
あの空には届かない
でも、君には届く気がしている
まだ爽やかな色素が街を泳いでいるこんな時間
君という船はいつ僕に係留されるのか
静かな空気の水面にはまだ昨日の甘い余韻が、
たっぷり快楽をのぞかせている
僕にはどうしても君を好きなことだけが大問題のように思える
ああ、どうしてこんなに空という海はいつも気まぐれに僕をからかうのか

いま、野菜ジュースを一本飲み下す

子童

ぎらぎらと苛立ちを燃焼させる太陽が見下すところ
人々の頭脳は活発に展開しその飛翔は幸福な楽園
頭髪が金色に靡きながら風に求められて微笑する時
その頭を結んで出来上がった複雑な多角形が散々乱れはじめて
絢爛たる偉大な美をその計画として狙っていた悪党の小童共が
その君臨していた王座を続々滑落して、中学校の学習に戻った

獏「耀」

大空が黄昏てゆく
それを見上げて獏が思い悩むことを楽しむ
獏の名前は「耀」

遥かに遠い天空で土星が音もなく語りかける
ゆっくりと回転する天体
太陽系の、現在の位置は、どこなのか？　と
獏「耀」は考える

悲しいことに今日は昼間の数時間、春の嵐が吹いて、
雨風が激しかった
しかし、それもすべて夢のようにも思えるのだ

耀は考える
あの昼間の嵐を夢としてすべて呑みこんでしまおうかと
夢を食べる習癖のある自分にとってそれは訳も無いことだと

それにしても自分という存在はどこまで深い穴に落ち込むのか
すべてを夢として忘れたとき
自分はどうなってしまうのだろう——
——落ち込みたくない

上へ行こう——と獏は思った
限りなく遠くまで、そうあの土星のもっと遠くまで

獏は思う
夢見ることくらい深い悲しみはないのだと
こんな苦しみは他にないのだと

光円

鷺が翼を動かしやがて滑空する
太陽の光円の幻の中を
空中の何かを掠め獲って、 空を生きるか、 鷺よ
おまえのその灰色の翼は、
おまえのその見事に研ぎこんだ形は、
この世の万象の平安を、
この僕に想起させて空を去った
飛んでいればいつかは消えるのだと
太陽は何時の日も朝に最もその生命力を歌うのだと
そのために日々はあり、 そのために木々はこたえるのだと

金色の人

金色の光を白色に変えて、
透明な空気の街路樹を歩く人
ねえその麦藁帽子を取ってみませんか
そのブルーのTシャツから伸びた腕は
いい色をしてますね、小麦色ですか
その色は当分抜けませんよ
ねえそのコンチネンタル・イエローのショート・パンツは
とてもよくお似合いですね
そう云ってすれ違った人
後姿は七月のプラタナス並木に消えた
臆病過ぎない風だけが囁く、
拠無い夏の居場所

蟻2

蟻が私のふくらはぎを這っている
見下ろす
気持ちよく見下ろせる
ここは我が家
それは蟻にとって怖ろしいことなのだ

夏の日なたを……

夏の日なたを、
祖母が歩き寄ってくる

曲がった腰にしなびた右手をあて、
白髪を風に立たせながら、
サンダルを履いた足を交互に運んで、
祖母が日なたを渡ってくる
楽しいことを探してもみつからなくて、
余暇の意味を考えることにも飽き果て、
祖母が日なたを渡ってこちらへ来る
この縁側がなにかを渡りきった岸だとでもいうように、
元気に歩いてくる

ストーブ

三寒四温

父が椅子に腰掛けて朝刊の株式欄を
今朝も調べる

これが父の人生
これが父の晩年

そしてこれが僕が毎日見ている光景

夏の幻影

夏が、突然、席を立ちかけて、
ふりむくその所作を大切に、
心に刻んでおきたい午後

僕の心中でも何者かが立ち上がり、
青縞の白いシャツの背を見せる
そでを気にしながら歩き出すその男
風が窓からはいりこみ、音を立てて
駈け過ぎるそれは瞬間の幻
そこに孤独を振り払った僕がいる

黄金虫

真実の理を握りしめて決して離さず、
自らを美に化身させた黄金虫は、
月の孤独に向かって独り飛翔した
あの月の彼方に正しく金色の太陽が昇る

きっとこの私はいつまでも美しいのだと

地球の上の雲

雲のおり成す模様の数々
すべて地球という老人の吐いた煙
見えないパイプでプカリプカリ
すべてつなぐと幾百の輪ができる？
循環する気流という吐息の創るたくさんのオブジェたち
さあ、踊って、踊って！　思い思いのスタイルで
……今日の雲は大きな規模と工夫された形をしている
変わった形のパイプで妙な吹き方をしたに決まっている

テーゲーの都

テーゲーの都は土煙の只中にあった
テーゲーへと渡るための橋は崩れ落ちていた
テーゲーへ向かうバスは早着を繰返して、
乗客を足蹴にした
テーゲーを信仰する若者たちの進軍は止まることをしらず、
彼らはコンビニで飲み物と食料を補給しつつ前進した
テーゲーの理を教えようとする御仁は世に満ち溢れ、
テーゲーの心こそがこの世界を救うと説いた
テーゲーの都は「アリキタリジャガ」という冷視や、
「エーカゲンナナア」という詠嘆や、
「ムチャクソジャガ」という絶望にも関わらず、
繁栄を続けた
まだ、沖積世の終末には間のある時分のことである

夜空駅

満天の星は、音のない瞬きを繰返すばかり
星々の運行は、見守る駅長もなしに、
今日も夜空駅にて無事営業
午前０時３２分予定通り彗星が３番線を通過

夢で見た街

夢で私が見た街は雨に煙っていた
高層ビルが高いところで光を放っていた
病院が鮮やかな色の蔦を這わせて自信ありげに聳えていた

橋梁がその一端を組み上げられて生々しく立っていた
僕は凍った目をしてその傍らを歩いていた
夏の光がざわめいて通り過ぎて行った
夏の人々はみな死んでいた
青いユニフォームが袖を風に打たせながら、
屋上の巨大なブラウン管の中を走って行った
僕は河の畔に立ち、
雨が止んだ空を今更のように見上げた
鳥が飛んで行った
群青の翼の鳥が大きく翼を一振り

自分の目を鏡に映していた人間が、
肩を落として、喧騒の蘇った街を振り返った
そこもまた、鏡のようなひろがりだった

山羊の未来（設定された制約の解除）

僕はある古本屋でこんな本をみつけた
「山羊の未来（設定された制約の解除）」
その本には時計の秘密が書かれていた
すなわち、時間という名の設定された制約の解除に関する文献である
「安くさえあればどんな時計でもかまわない……
とにかく廉価であることが一番だ
そしてその時計は自らが廉価であるがゆえに、時間というものの正確さ、確実さに、
大きな憧れを抱いている
だからこそ時計の所有者には設定された制約の解除が可能になる。」
「そしてその時計は、自らを凍らせるような厳寒の季節にのみその実力を発揮する
すなわち雪明りによるエネルギーの充填の必要である。」
「己に対して徹底的に無欲を強制すること　それが時計の超能力の大前提である。」
「もっとも欲望の圧殺には量より質という価値観が望まれる。」

そんな内容の本だった
本の奥付に作者の顔写真が添えられていた
表示された年齢よりもずっと若く見えた
きっと禁欲を自らに課していたので、顔が年をとらなかったのだろう
あるいはこの本の内容が真実で、
年齢を重ねることにすら設定された制約の解除が効力を発したのか
彼は本のあとがきで次のように述べている
「雪明りの清潔さは例えようもないほど清冽で美しい。
無欲の美しさに似ているとも云えるだろう。
そして、それは、才能や能力に恵まれなかった人々の
人生の輝きをも私に想起させる。
雪明りの美学を追求するならば一生涯、異性と交渉してはならない。
だから私は、一生独身をとおすつもりだ。」
白山羊の考えることは人間にはわからない、が、純白はいつの世も美しい
山羊の無欲は本当に勝利するだろうか
この世の中は、能力のあるもの、

可能性のあるものこそが力を持てるようにできている
彼の夢は、あるいは一生、夢のままかもしれぬ
彼には、純潔という設定された制約はとうとう解除できなかったのではないか
白い輝きばかりを追いかけた人生は、ついにどんな設定された制約も解除できぬま
ま、最期を迎えた、というのが本当らしい
しかし彼の書いたその本は、
古本屋で、本を手に取る若者たちだけに明るい未来を予見させて、
その役割を終えるしか仕事がなかった

大名行列

江戸時代の参勤交代の西国大名が通った宿場町、矢掛に因んで行われた昭和五十一
年からの大名行列

僕は、その第一回大名行列に、「風呂桶担ぎ」として参加し、そのなかで、前から二番目の位置にいた

当時、風呂桶は、五人で担いでいたから、僕の位置はその木製の大きな浴槽のすぐ前であったことになる

なぜ、風呂桶担ぎが必要であったかというと、大名たるものは、いつもと同じ風呂でないと、入浴時にリラックスできないから、だそうである

そのことについて少々不満もあったのだが、この町でこれほど大きな規模の行事が敢行されるのは初めてでもあったし、中学校一年生だったこの僕にしてみれば、それに参加することが、すでに栄えある役割を与えられることに他ならなかったということなのである

中学一年の頃の僕といえば、スポーツに自信を無くした年であり、かつまた成績で自信を得、そして初恋を経験した年でもあった

その、大名行列の折、矢掛本陣前で行列の休憩時間中に、観衆の群れの中から話し

かけてきた、当時の親友であったところのマナベが気になって仕方なく、大名行列終了の後、顔に施されていた化粧をおとし、服を着替えて、自転車で彼の家へ向かった

すると、そのマナベもこの僕に会いたかったらしく、ちょうど彼の家と僕の家の途中で、彼に出くわしたのである

彼も、自転車に乗って駈けてきていた

「なにしょんなら。」

「なんでかゆうて、そりゃ、おめえに会いたかったけえじゃろうが。」

実は、二人とも大名行列真っ只中での会話のやりとりが不自然に感じて、互いに会いたがっていたのである

ばったりと出くわした二人は、ずいぶん会話がはずんだ

それが鮮やかに記憶に残って、青春前期の一ページを彩っている

ところでこの大名行列という名の行事は、先にも述べたとおり、昭和五十一年に開始されたが、これは、同年の台風十七号の大災害から町を復興させようとした試み

であって、実は昔の大名行列には決して伴わなかった、奥方や腰元衆も参加し、笑顔を振りまくのである

そして、それは、現在の矢掛において「御愛嬌」とされている

総勢が百人近いこの行列は、見るからに壮観であり、昨年はちょうど三十回目の節目を飾った優雅な行進であった

県内外から数千人の観光客が集まり、奴や毛槍のひょうきんな仕草が見られる度に、どっと歓声があがる

それが僕の郷土矢掛の毎年恒例の行事なのである

なお、この町にも京都の同名の嵐山があるが、これはその景観が似ているところから名づけられたという

本陣と脇本陣が二つとも残っているのは全国でも唯一らしく、その本陣と嵐山を隔てる小田川には、木製の観月橋が架けられ、右岸堤防には、樹齢四百年ともいわれる椋の木が立っている

町立の図書館の文献によると、その木の傾き具合が「ピサの斜塔並み」なのだそう

であり、確かに巨樹には違いないが、それを、あろうことか「ピサの斜塔」とする
ところが、この町の人々のどこかしら尊大でかつ闊達自在な気風を表して面白い
矢掛嵐山には、青年団により、桜の若木が植林され、現在では春には華やかな彩り
を添え、美しく咲きそろって、この町がいかにして現在の繁栄までたどりついたか
を表して、矢掛町の人々の努力と、現在の平和を物語っている
加筆しておくが、最近の大名行列には風呂桶担ぎは存在しない
その理由は知らないが、いつのまにか、その姿を消し去られた、というのが本当ら
しい
しかし、風呂桶担ぎを第一回目の大名行列で、立派に演じてその務めを果たし終え
た事、これは今の僕にとって懐かしい思い出であり、栄光でもある
なお、マナベという人物が、僕の初恋の女生徒との間を連絡するキューピット役を
演じてくれた、僕にとって重要な友人であることを付記することは、蛇足であろう